KB067613

사는 게 다 그렇지
자존심 세우다 상처받아도
生맥주 한 잔으로 털어내고
어울려 살면 즐겁잖아

사

는 게 다 그렇지

자

존심 세우다 상처받아도

生

맥주 한 잔으로 털어내고

어

울려 살면 즐겁잖아

진현석 지음

책들의정원

무지몽매한 삶에서 벗어나 새로운 꿈을 꾸자

자세히는 기억나지 않지만 내가 태어나서 처음 쓴 글은 아마 누군가에게 주는 생일카드나 크리스마스 카드였을 것이다. 제대로 된 글을 처음 쓴 것은 초등학교 때 쓴 그림일기였다. 방학이 시작되면 방학 숙제 중에 꼭 일기가 포함되어 있었는데 게으름뱅이인 내가 일기를 매일 쓸 리가 없다. 일기는 개학 일주일 남기고 몰아 쓰는 게 제맛이 아니겠는가. 다행히 선생님은 특별한 일이 없어서 일기에 정 쓸 내용이 없는 날은 시를 쓰는 것으로 대체해도 된다고 하셨다. 그때부터 내 일기장은 시집이나 다름없었다. 이사를 하는 중에 그때의 일기장 묶음을 잃어버렸지만, 그때 썼던 시들을 엮어서 동시집을 냈다면 아마 20년은 일찍 첫 책이 나왔을지도 모를 일이다. 반강제적으로 시작했지만, 계기야 어쨌든 학창 시절부터 꾸준히 글을 쓰다 보니 심심하면 *끄적끄적* 글 쓰는 것이 취미가 되었다. 사이버 세상이 만들어지지 않았던 시절, 나의 상상을 글로 표현한 나만의 가상세계에서 놀았다. 그곳에서 나는 누구든 될 수 있었고 누구든 만날 수 있었으며 무엇이든 할 수 있었다. 새하얀 종이 속에서 만들어지는 세상은 나의 놀이터였다.

머리가 크면서 글과 관련된 일을 하고 싶다는 마음을 품게 되었다. 그래서 내 꿈은 막연하게 카피라이터가 되는 것이었다. 카피라이터가 정확히 어떤 일을 하는지, 카피라이터가 되려면 무엇을 어떻게 준비해야 하는지 아는 것이 하나도 없었다. 그저 광고가 좋았고, 카피라이터가 멋있어 보였다. 어쩌면 단순히 꿈이 뭐냐는 질문에 대한 답이 필요했는지도 모르겠다. 내가 취업할 당시에는 닷컴과 IT 붐이 일어 잠깐 다른 직종에 종사하다가 다시 광고계를 기웃거렸다. 지도도 없이 이리저리 꿈길을 찾아 헤맨 끝에 어느 날 갑자기 카피라이터가 되었다. 그렇게 나는 꿈을 이루었다. 그러나 정신 차려보니 꿈은 온데간데없이 사라지고 빡빡한 현실만이 나를 반겼다. 어렵게 손에 넣은 꿈을 놓치지 않기 위해 하루하루 버티는 일상이 반복됐다. 버티는 햇수만큼 경력이 쌓이고 포트폴리오는 늘어갔지만 그곳에 더는 내 꿈이 없었다.

누군가 꿈은 명사가 아니라 동사여야 한다고 했던 말이 떠올랐다. 내가 꿈을 명사인 '카피라이터'가 아니라 '어떤 카피라이터가 되어 어떤 광고를 만들겠다'라고 정했다면 달라졌을까? 나는 장래희망이 꿈을 대변하는 시대를 살고 있었고 장래희망을 이룬 것뿐이었다. 그동안 장래희망을 꿈으로 착각하고 달려왔으니 이제라도 제대로 된 꿈을 꾸고 싶었다. 나의 진정한 꿈은 무엇일까? 당장 돈이 넉넉하게 있다면 하고 싶은 일, 죽기 전까지 해보지 못하면 반드시 후회할 만한 일 등 여러 가지 관점에서 고민해본 결과 내 꿈은 글을 쓰며 사는 것이라는 결론이 나왔다. 억지로 쓰는 글이 아니라 재미있어서 쓰는 것. 사람들에게 질문을 던져 감정을 움직이고 나아가 행동하도록 유발하는 글을 쓰고 싶었다. 다른 일은 하지 않고 그런 글을 쓰면서 살아갈 수 있기를 꿈꾸기 시작했다. 몹시도 거창하지만 꿈은 크게 가지라고 했으니 이거면 됐다. 이대로 살자. 새로운 꿈이 정해졌다. 그렇다면 그 꿈을 이루기 위해 해야 할 일은 무엇일까?

회사 밖의 전쟁터를 겪어본 사람은 회사 안의 안온함을 거부하기 힘들다. 더울 땐 시원하게 추울 땐 따뜻하게 일하고 때가 되면 또박또박 들어오는 월급까지. 회사라는 울타리 안에 있으면 누가 어디서 무슨 일을 하느냐고 물을 때 자질구레한 설명을 명함 한 장으로 대신할 수 있으며 유대감, 소속감, 안정감 등을 누릴 수 있다.

윗사람의 갈굼을 조금만 참으면, 내 안의 목소리를 조금만 무시하면, 불합리와 부조리를 앞에 두고도 살짝 고개를 돌린다면 이런 안온함을 만끽할 수 있다. '그래, 글이라는 것은 언제든 쓸 수 있으니까. 일하다가 나이가 들어 퇴사하게 되면 그때 써도 되니까. 남들처럼 결혼하고 애도 낳아야 하니까. 지금은 평범하게 돈을 벌자.'라고 핑계를 대며 한동안 내 마음의 소리를 무시하며 살고 있었지만 꿈이란 게 참 무섭다. 잠깐이라도 눈이 마주치면 평온한 마음에 균열이 생긴다. 그 균열 사이로 과연 이렇게 살아도 되는지, 정말 현재의 삶에 만족하고 있는지 자꾸 질문을 던진다. 마음 약한 나는 꿈이 던진 질문을 흘려 넘기지 못하고 진지하게 받아들인다. 결국 글을 쓰겠다며 두 눈 꾹 감고 안온함을 차버린다.

온전한 글쓰기를 위한 도전과 실패, 설득과 갈등, 그리고 기존의 직장을 퇴사하고 새로운 곳에 입사하기까지···. 그렇게 엎치락뒤치락하며 현실과 꿈이 두 바탕 세 바탕 싸우다가 정이 들었는지 아니면 지쳐버린 것인지 어느 정도 균형이 잡혔다. 타협이라고 할 수도 있겠다. 일에서 자유로운 자만이 글을 쓸 수 있는 것은 아니니까. 그렇다고 저녁 식사는 고사하고 잠조차 제대로 잘 수 없는 회사 생활을 하면서 꿈 타령을 하는 것은 너무나 막막하기에 극단을 피하고 적절한 중간선을 택했다. 요즘 흔히들 말하는 워크 라이프 밸런스, 줄여서 '워라밸'. 지금 내가 딱 그런 상태에서 글을 쓰고 있다. 사자생어四字生語는 그 워라밸을 찾는 과정에서 얻은 나름의 노하우와 깨달음을 모아둔 책이다. '나는 이렇게 살았고 앞으로 이렇게 살 거야. 너는 어때?'라며 질문을 던지고 있다. 이 책을 읽는 이의 마음에 하나의 물음만이라도 남길 수 있다면 그동안 이 책을 쓰기 위해 삼킨 수많은 소주와 뽑힌 머리카락과 잠 못 든 나날에 큰 위안이 될 것이다.

어릴 적에 사자성어를 좋아했다. 거기에는 옛날이야기가 담겨 있고, 그 이야기가 주는 교훈이 있다. 놀라운 것은 그 이야기가 겨우 네 글자에 함축되어 있다는 점이다. 몇천 년이 지난 지금도 적용되는 진리에 가까운 말들도 있지만, 너무 오래되어 현 시대와 맞지 않는 것들도 있다. 그래서 기존의 사자성어에 우리 세대들이 살면서 겪고 느낀 생생한 이야기를 넣어 공감할 수 있도록 새롭게 구성하고 싶었다. 어찌 보면 4행시나 짜 맞추기 말장난에 불과하다고 볼 수도 있다. 여기서 중요한 건 여러 경험을 하며 깨달은 것들을 통해 세워진 나만의 철학이나 개념, 줏대들을 기록하는 방식으로 사자성어를 사용했다는 점이다. 각자의 깨달음과 교훈을 어떤 방식으로든 기록하고 기억했으면 좋겠다. 그것이 나를 알아가는 일련의 과정이며, 일관성 있는 내가 되는 하나의 방법이 될 것이다.

끝으로 이 책이 나오기까지 성원과 격려를 보내준 사랑하는 가족과 예비신부 다운이, 용인과 인천의 친구들, 광고계의 선후배 동료들, 아지트의 형, 누나들, 무브먼트 주짓수 가족들, '제5회 브런치북' 대상으로 뽑아준 카카오브런치와 편집에 힘써준 책들의정원 출판사 관계자분들, 그리고 흔쾌히 추천사를 써준 강원국, 김서령, 강백수 작가님께 고마움을 전한다.

2018년 8월

진현석

1장 비 오는 거리에서 낭만을 외치다

1장

비 오는 거리에서
낭만을 외치다

호구지책
糊口之策

겨우 먹고 살아가는 방책.

이별은 쌍방과실

스스로를 연애 젬병이라고 부르는 사람들이 있다. 연애할 대상을 못 만나는 게 아니라 연애 자체를 잘 못하는 사람들을 칭하는 말이다. 연애를 할 때마다 어떻게든 잘해보려고 노력하는데도 불구하고 매번 실패한다는 사람들인데, 얘기를 들어보면 연애를 못하는 사람들의 스타일도 참으로 다양하다.

· 표현이 서툴러 상대를 서운하게 하거나 오해를 사는 사람.

· 상대에게 마구 퍼주고 똑같이 받기를 바라는 사람.

· 상대방이 바람피울까 두려워 구속하고 의심하는 사람.

· 호되게 차인 트라우마가 있어 마음을 다 열지 못하는 사람.

자신이 어떤 스타일에 해당하는지 아는 것만으로도 반은 해결된 셈이라 볼 수 있다. 다음에 연애를 할 때는 그것을 염두에 두고 고쳐 나가면 되니까. 하지만 절대 그러지 말아야지 하고 다짐해도 막상 같은 상황이 오면 같은 행동을 반복하게 되기도 한다. 성격으로 혹은 습관으로 굳어진 걸지도 모르겠다. 스스로를 변화시킬 수 없는 사람이라면 자신이 좋아하는 스타일의 상대를 좇기보단 자기 같은 스타일을 좋아해주는 상대를 만나는 것도 하나의 방법이다.

표현이 서툰 사람을 진중한 사람이라고 생각하는 사람도 있고, 마냥 퍼주는 것을 당연하게 생각하지 않고 끝까지 보답하려는 사람도 있으며, 구속과 의심을 사랑 표현의 일부라고 생각하는 사람도 있다. 또 상대의 상처를 감싸주고 치유되도록 애쓰는 사람도 분명 있다. 짚신도 제짝이 있기 마련이다. 다만 그 짚신이 어디에 처박혀 있는지 알 수 없을 뿐. 내 님은 어디에 있냐며 서울, 대전, 대구, 부산까지 찍을 노력이라면 충분하다.

이별 후의 감정 상태를 살펴보면 연애를 잘 못하는 사람을 구별할 수 있다. 자신의 성격과 맞지 않는 가면을 쓰고 연애를 하여 매번 후회와 미련이 남는 사람이 그에 해당한다. 그럼 자신이 원하는 연애를 하면 후회와 미련이 남지 않을까?

자신의 의지대로 마음껏 연애를 한 누군가가 연인과 이별을 한 후의 술자리에서 "연애는 끝이 났고, 리볼빙은 시작됐다."는 명언을 남겼다.

자신이 하고 싶은 대로, 마음 가는 대로 열과 성을 다해 연애를 하던 사람이었다. 상대방이 기뻐하는 모습을 보는 것이 좋아 넉넉하지 않은 형편에도 불구하고 자주 선물을 했던 그는 베푸는 연애가 끝나고 결국 불어난 카드빚을 할부로 갚는 리볼빙을 신청했다고 한다. 그래도 그는 후회하지 않는다고 말한다.

혹자는 이런 사람을 호구라고 부를지도 모르겠다. 하지만 난 쓸개까지 내어주었다고 해도 그것이 타의에 의한 것이 아닌 온전히 자신의 의지로 결정하고 내어준 것이라면 그 사람은 호구가 아니라고 생각한다. 내가 생각하는 진짜 호구는 이별의 이유를 자기 안에서만 찾으려는 사람, 상대가 무조건 잘했고 옳았으며 자신이 잘못했고 나빴다고 생각하는 사람, 이별의 슬픔과 공허함, 그리고 죄책감 저 밑바닥까지 홀로 빠져드는 사람이라고 생각한다. 자기반성은 좋지만, 자학적인 자기 탓은 자신감과 자존감을 잃게 한다. 그것은 앞으로의 연애뿐만 아니라 사회생활이나 기다 인간관계, 이쩌면 성격에까지도 악영향을 미칠 수 있다.

모든 이별은 쌍방과실이다. 그저 그 사람이 좋아져서 사귀었고, 어느 순간 싫어져서 헤어졌을 뿐인 이야기다. 지나간 인연과의 추억은 남기되 후회와 미련은 지워버리는 것이 좋다. 좋은 연애, 나쁜 연애는 있어도 옳은 연애, 틀린 연애는 없다.

호구는
지 스스로만을
책망한다.

추억 속에서 근근이 살아갈 생각 말고,

새로운 사랑을 찾아 대차게 살아갈지어다.

호사다마

好事多魔

좋은 일에는 방해가 되는 일이 많음.

그냥 사랑이라고 말해

세상에서 가장 알 수 없고 어려운 게 뭘까? 세상에는 풀 수 없는 난제들이 많이 있지만 나는 그중에서 가장 알 수 없는 게 사람 마음이라고 생각한다. 옛말에도 열 길 물속은 알아도 한 길 사람 속은 모른다는 말이 있잖은가. 눈에 보이지 않는 미생물이나 어마어마한 우주의 존재도 과학이 눈부시게 발달함에 따라 알아낼 수 있었지만 정작 사람의 속마음에 대해서만큼은 아직도 이렇다 할 해답을 찾지 못한 듯하다. 대학 시절 어느 교수님께 이런 얘기를 들은 적이 있었다.

"발명만 하면 떼돈을 벌 수 있는 세 가지가 있다. 바람을 가두는 장치, 머리카락을 나게 하는 약, 사람 마음을 읽는 기계. 하나만 평생 파봐. 또 아냐? 혹시라도 발명해서 떼돈 벌게 될지."

나는 머리카락을 나게 하는 약을 발명하고 싶었으나, 수학이 싫어서 문과로 오는 바람에 포기했다.

오래전부터 인간은 사람의 마음을 알기 위해 노력해왔다. 그 안에서 철학과 심리학이 발전했고, 현재도 많은 과학자와 심리학자 또 인문학자들이 사람의 마음에 대해 꾸준히 연구하며 실험하고 고민한다. 그 결과 수많은 철학이나 심리학 관련 서적들이 무슨 론論, 무슨 설說, 무슨 즘sm, 무슨 효과effect 들에 빗대어 사람의 마음을 설명하고 있다. 하지만 수많은 이론과 실험 결과에도 불구하고 미신에 불과한 혈액형별 성격이나 띠, 별자리 운세, 사주팔자, 타로 점을 믿는 사람들도 여전히 많다. 나 또한 후자가 훨씬 흥미롭다. 과학이든 미신이든 사람의 마음을 완전히 파악한다는 건 어쩌면 불가능한 일일지도 모르겠다. 때로는 복잡다단하다가도 어쩔 땐 참으로 단순하기도 한 게 사람 마음 아닌가.

좋은 향기, 신나는 노래, 맛있는 음식, 화창한 봄날, 비 오는 가을 등 우리의 기분을 결정하는 환경과 요소들은 너무도 많다. 간사한 것 같지만 나도 어쩔 수 없는 불수의근 같은 게 사람 마음인데 어쩌랴. 이래도 저래도 어쩔 수 없다면 그냥 마음 가는 대로 내버려 두자.

연애나 진로상담을 해줄 때 자주 하는 말이 있다. 마음 가는 대로 행동하라는 것. 대부분 돌아오는 말이 나도 내 마음을 모르겠다는 말이다. 이해가 가기도 한다. 내가 이 사람을 좋아하는지 또는 이 일을 좋아하는지 확신이 서지 않기 때문일 것이다. 하지만 이야기를 잘 들어보면 이미 마음을 정한 상태인 경우가 많다. 자신의 마음이 무엇을 원하는지 헷갈리겠지만, 갈팡질팡하는 가운데에서도 1%나마 더 마음이 기우는 쪽이 있기 마련이고 그 방향으로 날 설득시키려는 느낌까지 든다. 상담을 요청하는 사람들의 8할은 은연중에 이 '답정너_{답은 정해져 있고 넌 대답만 하면 돼}' 스킬을 구사한다. 객관적 판단과 조언을 구한다기보다 공감과 동의를 구하려는 행동에 더 가깝다. 당사자에게 심리적·금전적으로 큰 피해가 예상되는 경우가 아니라면 나는 최대한 당사자의 결정에 동의하고 존중하려고 노력한다. 그게 후회도 없고 원망도 없을 테니까. 그러면 한 것도 없는 내게 역시 명쾌하다고 불로소득 같은 칭찬을 해준다. 나는 그저 고개를 끄덕여줬을 뿐인데 답답했던 속이 시원해졌다고 한다. 나로서도 참 고마운 일이다.

연애를 처음 하던 시절, 나는 너무 논리적이었다. '논리야 시리즈'를 완독한 탓인지 몰라도 그냥 넘어가는 법 없이 죽어라 따지고 들었던 것 같다. 예를 들면 이런 식이다.

"오빠는 내가 어디가 좋아?"

"난 너의 이런 부분이 좋고, 저런 부분도 좋고… 이래서 저래서
좋아. 넌?"

"난 그냥 좋아."

"그냥이 어디 있어?"

"나도 몰라."

"네가 모르면 누가 알아?"

모든 말과 행동, 상황에서 인과를 찾고 의미를 부여하며 공기마저
분석하려 했던 어린 날.

그냥이라는 대답은 귀찮아서 혹은 말하고 싶지 않아서 하는 변명이
라고만 생각했었다. '그냥'. 너무 성의 없어 보이는 두 음절이었다. 그러
나 돌이켜 생각해보니 그냥은 그냥 그대로 좋은 거였다. 머리로 굳이 이
유를 찾지 않고 마음 가는 대로 행동함으로써 나온 유일한 대답이었다.
스스로 마음이 동해서 한 행동에 억지로 이유를 부여한들 그게 무슨 소
용이 있을까. 이런 깨달음을 얻게 된 건 광고계에서 데이비드 오길비와
쌍벽을 이룬다는 윌리엄 번벅의 명언을 통해서였다.

논리와 과분석은 아이디어를 자유롭지 못하게 하고, 메마르게 한다.

그것은 사랑과 같다. 당신이 많이 분석할수록 더 빠르게 사라진다.

- 윌리엄 번벅(세계적인 카피라이터)

윌리엄 번벅은 논리와 과분석을 이해하기 쉽게 사랑에 빗대어 설명했지만 나는 그 비유를 통해서 사랑을 이해했다. 사랑을 따지고 의심하면 사랑이 식기도 전에 통째로 사라져버릴 수 있다. 자신도 알 수 없는 게 마음이고, 마음 가는 대로 행동하는 게 '그냥'이며, 그 두 글자가 마음을 전부 표현하고 있다는 걸 왜 몰랐을까? 그냥 사랑이라는 감정을 있는 그대로 받아들이고 그저 감사하며 나도 사랑하면 될 일이었다. 바람이 어디서 왔는지, 왜 부는지를 공부하고 고민하다 보면 그 원인을 알수도 있겠다. 하지만 그걸 고민하느라 정작 지금 불어오는 시원한 바람을 만끽하지 못하고 있지 않은지 생각해볼 일이다

우리는 사랑에 대해 너무 많은 이야기를 알고 있다. 특히 바람, 배신과 같은 비극적 이야기에 더욱 촉각을 곤두세우며 내 얘기가 아닐까 예민하게 반응한다. 그것이 실제 있던 일이라고 해도 다른 사람의 사랑 이야기가 나에게 그내로 적용될 리는 없다. 믿는 도끼에 발등 찍힐 것이 두려워 의심을 정당화하는 사람들이 있다. 믿는 도끼에 발등 찍히면 몸

도 마음도 아프다. 하지만 이 말에서 우리가 생각해봐야 할 것은 '믿는' 이 아니라 '도끼'라는 부분이다. 상대를 믿고 안 믿고를 떠나서 나를 찍을 도끼로만 본다면 이미 신뢰는 깨진 것이 아닐까?

사랑은 호르몬인 도파민, 페닐에틸아민, 옥시토신, 엔도르핀의 화학 작용에 불과하며 기한은 길어야 2년이네 어쩌네 하는 차가운 언어로 뜨거운 감정을 이해하려 하지 말자. 사랑은 눈에 보이지 않지만 항상 존재하는 공기와 다르며, 눈에는 보이지만 존재하지 않는 신기루와도 다르다. 사랑에 정답은 없다. 그러니 이것저것 그만 따지고 그냥 사랑하자. 언제 다시 느낄 수 있을지 모르는 세상에서 가장 위대한 경험이 바로 사랑일지니….

호감이든
사랑이든
다 좋아하는
마음이니 따지지 말자.

아무리 불안해도

좋은 감정에 나쁜 생각을 깃들게 하지 말지어다.

낭중지추

囊中之錐

재능이 아주 빼어난 사람은 숨어 있어도

저절로 남의 눈에 드러난다는 비유적 의미.

낭만 같은 소리하고 있네

봄이다. 따스한 햇볕과 살랑이는 바람이 겨우내 얼었던 마음을 녹이며 바야흐로 봄이 왔음을 알리고 있다. 개인적으로 지난겨울은 너무도 춥고 힘들었다. 단순히 날씨뿐이 아니라 나를 둘러싼 상황과 내 마음도…. 이렇게 봄을 기다렸던 적도 없던 것 같다. 봄이 왔다고 상황이 나아지지는 않겠지만 얼었던 마음이 풀렸기에 괜스레 희망이 생겼다. 지금까지는 시간이 흐르면 저절로 돌아오는 계절이라고 생각했는데 이번 봄은 다르다. 사람들의 힘으로 쟁취한 느낌이다. 박근혜 전 대통령의 탄핵은 그만큼이나 큰일이었다

마음이 풀리니 아침에 일어나면 스트레칭을 하고 밖으로 나가 봄내음을 들이쉬게 된다. 항상 가던 길이 아닌 가보지 않은 길로 돌아가기도 한다. 걷기 좋은 날이면 으레 하는 취미다. 난 한 번도 가보지 않은 길을 걷는 것을 좋아한다. 잔잔한 연주곡을 들으며 낯선 풍경을 걷다 보

31

면 어느새 낭만적인 기분에 휩싸이게 된다. 나에겐 그것이 일탈이고 힐 링이다. 그러던 어느 순간 욕심이 생겼다. 이런 행복한 일탈을 일상으 로 만들 수는 없을까? 인생을 낭만적으로 살 수는 없을까? 아, 낭만! 이 얼마나 달콤한 단어인가. 낭만적인 인생을 산다는 것이 평생 단 것만 먹 고 살겠다는 것처럼 단순하고 어리석은 생각일까? 내가 좋아하는 작가 인 류시화 님은 자신의 저서에 이렇게 썼다.

음식에 소금을 집어넣으면 간이 맞아 맛있게 먹을 수 있지만, 소금 에 음식을 넣으면 짜서 도저히 먹을 수가 없소. 인간의 욕망도 마찬 가지요. 삶 속에 욕망을 넣어야지, 욕망 속에 삶을 넣으면 안 되는 법이오.

- 《지구별 여행자》, 류시화

인간적인 욕망의 범주에 속하는지는 모르겠으나 나는 단순하고 이기 적인 인간이니까 무작정 낭만적인 인생을 살기로 했다. 거창한 이유는 없 다. 그냥 낭만이라는 단어를 참 좋아하기 때문일 뿐. 낭만은 로망과 같은 단어였다. 프랑스 고어古語인 roman이 일본으로 넘어가 발음이 가장 가까 운 한자 浪漫ろまん, 로망으로 쓰였고 그걸 다시 우리식 한자음대로 읽어 낭

만이 되었다. 일본식 한자어이기 때문에 사용하지 않는 게 좋겠지만 이미 낭만과 로망은 비슷하지만 다른 뜻이 되어 우리 문화에 정착해버렸다. 로망은 보통 이상적인 꿈이나 소망을 뜻하게 되었고, 낭만은 현실에 매이지 않는 감상적인 태도나 심리, 또는 분위기를 말한다. "낭만적인 인생이야말로 나의 로망이다." 이렇게 말할 수 있겠다.

낭만이란 단어에 애착을 가지고 있는 내가 처음 꿈꿨던 낭만은 바로 캠퍼스의 낭만이었다. 잔디밭에 앉아 막걸리를 마시며 기타를 튕기고 노래를 부르고, 학창 시절 때는 읽지 못했던 수능과 관계없는 다양한 책을 읽고, 친구들과 철학적인 문제에 관해 토론을 하고, 마음이 맞는 여성과 캠퍼스 커플이 되어 달콤한 사랑을 하는 대학생만이 누릴 수 있는 낭만. 그러나 대학에 들어가 한 학기가 채 끝나기도 전에 그 낭만은 일장춘몽이었다는 것을 깨달았다. 아버지 시대에는 그것이 가능했을지 몰라도 내 시대에 그것은 인생의 낭비와 다름없이 보였다.

두 번째 낭만은 군대의 낭만이었다. 고된 훈련을 같이하며 쌓아온 전우애로 서로를 의지하고 챙겨주고 격려하는 남자만의 낭만. 다행히 두 번째 낭만은 생각과 크게 다르지 않았다. 꼬인 군번^{선임이} ^{많고 후임은 들어오지 않는 군번}이었지만 동기들 덕분에 군 생활을 나름 즐겁게 보냈다.

세 번째 낭만은 직장인의 낭만이었다. 한결 여유로운 경제력으로 문화생활과 자기계발에 투자하고 다시 일에서 그 성과를 거두는 선순환. 일과 쉼의 조화를 이루는 생활을 꿈꿨지만, 그 꿈은 사치였다. 오히려 어울리지도 않는 명품을 사는 금전적 사치가 더 쉬울 듯했다. 인간은 적응의 동물이라는 말처럼 몇 년 악순환에 끙끙대다 어느새 현실에 적응하는 나를 발견했다.

정의를 말하면 저 혼자 잘난 사람이

예절을 말하면 고지식한 사람이

낭만을 말하면 촌스러운 사람이

진심을 말하면 나약한 사람이 되는 이 사회의 현실에

적응하는 것을 넘어 진화해 가는 내가 싫다.

- 2012년에 쓴 자조 섞인 일기 中

우리는 중요한 것이 소중한 것을 앞서는 시대를 살고 있다. 돈은 살아가는 데 있어서 중요한 것이지만 결코 소중한 것은 아니다. 진짜 소중한 것이 무엇인지는 우리 모두 알고 있다. 그런데 우리는 지금 무엇을 좇으며 살고 있는가? 과연 우리 삶의 의미와 목적은 무엇일까? 출처는 알 수 없지만 인터넷을 돌아다니다 우연히 본 이야기를 소개한다.

이야기는 어느 한적한 바다에서 시작된다. 도시에서 온 부자가 해변을 거닐다 자기 배 옆에 드러누워 빈둥빈둥 놀고 있는 어부를 보고는 어처구니없어하며 말을 건다.

"이보시오, 이 금쪽같은 시간에 왜 고기잡이를 안 나가시오?"

"오늘 몫은 넉넉히 잡아 놨습니다."

"시간이 날 때 더 잔뜩 잡아놓으면 좋잖소."

"그래서 뭘 하게요?"

"돈을 더 벌어 큰 배 사고, 더 깊은 데로 가 더 많이 잡고, 그러면 돈을 더 벌어서 그물을 사고, 그러다 보면 나처럼 부자가 되겠지요."

"부자가 되면 뭘 합니까?"

"아, 그렇게 되면 편안하고 한가롭게 삶을 즐길 수 있잖소."

부자의 말에 어부가 대답했다.

"내가 지금 그러고 있잖소?"

동화 같은 이 이야기는 나에게 인생의 가장 큰 숙제를 안겨주었다. 이상과 현실. 현재와 미래. 행복과 만족. 하고 싶은 일과 해야 하는 일. 무엇이 옳고 무엇이 그른지를 판단하는 것이 아니라 무엇이 우선순위인가를 결정하는 어려운 문제였다. 내가 볼 때 이미 낭만적인 삶을 실천에 옮긴 사람들이 있다. 여행이 좋아 세계를 돌아다니며 여행작가로 사는 사람, 음악이 좋아 음악을 만들고 부르며 사는 사람, 요리가 좋아 살던 집을 레스토랑으로 고쳐 짓고 음식을 팔며 사는 사람, 서핑이 좋아 휴양지에서 여행객들에게 서핑을 가르치며 사는 사람들이 바로 낭만의 삶을 살아가는 이들이다. 그들의 삶은 타인의 부러움을 사지만 그 안에 얼마나 많은 고충과 외로움이 있을지는 알 길이 없다.

낭만이란, 현실을 외면하고 이상을 좇는 것이 아니라 인간 본연의 무언가를 찾으려는 노력이라는 말에 동의한다. 낭만가객 최백호 님의 〈낭만에 대하여〉라는 노래를 보면 1절은 '잃어버린 것에 대하여', 2절은 '다시 못 올 것에 대하여'라고 끝이 난다. 그야말로 낭만의 소중함을 말하는 노래가 아닌가 싶다. 잃어버린 것, 다시 못 올 것. 바로 지금이다. 세상에서 가장 공평하면서도 가장 불공평하게 주어지는 것이 시간이다. 누구에게나 하루는 24시간이 주어지지만 인생이라는 시간은 모두 다르게 주어진다. 끝이 언제일지 모르는 인생에서 언제를 살아갈 것인지 선택하는 것보다 중요한 문제가 또 있을까?

낭만이
소중한 이유는
지금을
추억으로 만들어주기 때문이다.

추억은 현실 속에 묻혀 있다가도

불현듯 튀어나와 삶의 의미를 되돌이보게 하리라.

철두철미

徹頭徹尾

처음부터 끝까지 방침을 바꾸지 않고

생각을 철저히 관철함을 이르는 말.

비를 맞으며 철없이…

비의 계절이 왔다. 우산 장수에게는 희소식, 그러나 솜사탕 장수에게는 비悲 소식. 날씨에도 사람마다 희비가 갈린다. 나는 비를 그다지 좋아하진 않는다. 당장 내가 솜사탕을 못 팔아서가 아니라, 꽤 예전부터 그랬다. 끔끔한 날씨나 질척한 바닥, 옷이 젖거나 차가 막히는 것도 싫었다. 하지만 그건 내 개인적인 기분일 뿐이고 그래도 여름엔 비가 충분히 와야 한다고 생각한다. 장마철에 비가 충분히 와줘야 가을 수확이 넉넉해지지 않겠는가. 민족의 대명절 한가위마다 흉년으로 인해 비싸진 배 하나를 더 살까 말까 하는 어머니들의 고민이 적어지길 바라는 마음에서라도….

나의 이런 인류애적인 바람에도 불구하고 기나긴 가뭄으로 메마른 대지를 직서주기에는 턱없이 부족할 듯한 짧은 상마가 겨우 누어 번 지나갔다. 장마는 '긴', '오랜'을 뜻하는 한자 '장長'과 비를 뜻하는 순우리말

'많'의 합성어라고 하는데, 어째 해가 갈수록 비 오는 기간이 점점 짧아지는 것 같다. '단短마'라는 말이 더 어울릴 판이다. 장마철이 비의 전성기일 텐데 기간이 짧아지니 비도 아쉬움이 크겠다. 드디어 차례가 왔는데 긴장해서 실력 발휘도 제대로 못 해보고 맥없이 무대를 내려오던 지난날의 내 모습이 떠올라 더 안쓰럽다.

쓰고 싶은 글에만 집중하고 싶다는 일념으로 회사를 그만둔 나는 평일에 글을 쓰거나 운동주로 주짓수을 하고 주말에는 솜사탕을 팔고 있다. 사실 난 프리랜서 카피라이터로 활동하거나, 손쉽게 구해지는 커피전문점, 편의점 알바를 하며 최소한의 생계를 유지할 생각이었다. 그런데 생각해보니 그런 건 예전에도 많이 했던 그다지 재미없는 돈벌이였다.

이왕 행복해지려고 회사에서 나왔으니 좀 더 재미있는 일을 통해 돈을 벌어보고 싶었다. 그때 아는 동생이 주말마다 플리마켓을 개최하는데 거기서 솜사탕을 팔아보라고 추천하였고, 난 거기에 호기심이 생겼다. 안 해봤던 일을 할 때의 그 설렘과 기대감이 나를 흔들었다. 솜사탕 기계를 사고 장사를 시작하려니 완연한 여름이 되었다. 공교롭게도 주말마다 비가 와서 솜사탕 장사를 몇 번 나가지 못 했다. 솜사탕은 온도보다 습도에 더 민감한 녀석이었다. 무척 습한 날에는 솜사탕을 만드는 도중에도 녹기 시작한다. 그런 날에는 돈 받고 팔기도 민망해진다. 좀 더 날씨를 지켜보다가 계속 습한 날씨가 이어지면 일찍 장사를 접는다. 부자가 되려고 시작한 장사는 아니었으니까. 이 나이에 하는 돈벌이치고는 뭔가 아날로그적이면서 낭만적이지 않은가.

만드는 것도 꽤 재미있고 솜사탕을 받고 좋아하는 손님을 보면 뿌듯하기까지 하다. 과정도 즐겁고 결과도 보람찬 일이다. 아직은 최소한의 돈벌이도 못하고 있지만, 점차 나아지리라 생각한다. 나는 긍정왕을 뛰어넘는 낙천왕이니까.

보슬보슬 내리는 비가 다음날까지 이어진다는 일기예보에 장사를 접고 놀러 나가는 길이었다. 내 앞에서 학생 둘이 우산도 없이 비를 맞으며 걷고 있었다. 서로 얘기하다가 웃다가 셀카를 찍다가 비에 젖은 꽃을 꺾기도 하며 집에 가는 모습이 무척 즐거워 보였다. 두 눈이 호기심으로 반짝이고 있었다. 그들은 길에 쭈그려 앉아 숨 쉬러 나온 달팽이를 잡기도 했다. 다른 우산 없는 학생들은 가방을 머리에 쓰고 뛰어가기 바빴는데 그 두 학생은 신선처럼 느긋했다. 남들과는 다른 시간, 다른 공간, 다른 차원에 있는 듯했다.

문득 학창 시절이 떠올랐다. 나도 그 시절 친구와 함께 비를 맞으며 집에 돌아가던 때가 있었다. 땅에 고여 있는 비를 발로 차기도 하고 나무를 흔들어 빗물을 떨어뜨려 서로를 적시는 장난을 치며 집에 가곤 했다. 아마도 비 오는 토요일이었던 것 같다. 당시에도 교복은 두 벌 장만하기가 쉽지 않을 정도로 비쌌다. 평일에 교복이 비에 젖으면 습한 여름엔 하루 만에 마르지 않기 때문에 비 오는 토요일에만 가능하던 놀이였다. 그래서 토요일에 비가 오면 평일에 비가 올 때와 달리 교복과 운동화가 젖는 것에 신경 쓰지 않고 신나게 비를 맞으며 뛰놀 수 있었다. 사방에 비를 튀기며 고삐 풀린 망아지처럼 마구 뛰어다녔다. 어린아이들이나 할 만한 물장난을 치면서 '아, 우리 참 철없다'는 생각도 했다.

그때 걱정했던 철은 아직도 없다. 그래서 좀 다행이다. 철드는 게 나쁘다는 게 아니다. 사람은 나이 먹을수록 철들어야 한다는 통념이 나랑은 안 맞는 것뿐. 보통 철들었다고 말할 때는 미래에 대한 계획도 없이 제멋대로 살던 천둥벌거숭이가 언제부턴가 계획을 세우고 미래에 대비하고 남의 시선도 의식하고 착실하게 일하며 사회에 보탬이 되는 사람이 되었을 때 사용한다. 좋은 변화다. 어른스럽고 멋있다. 이런 철든 사람들이 사회에 꼭 필요하다. 다만 나는 이렇게 살고 싶지 않다. 먹고사는데 전혀 도움이 되지 않아도 나를 행복하게 하는 기술을 배우며 살고 싶다. 먹이를 잡는 것에 집중하지 않고 멋지게 나는 기술을 연마하던 소설 《갈매기의 꿈》의 주인공 조나단처럼….

사회 통념이 아닌 '철들다'라는 말의 사전적 뜻은 '사리를 분별하는 판단력이 생기다'이다. 사리는 사물의 도리에 맞는 취지다. 사물이 마땅히 해야 할 역할을 아는 것이 철듦이다. 물통은 물을 담는 용도이고, 지우개는 연필로 쓰인 글을 지우는 용도이다. 물통을 엎어 악기로 쓴다거나 지우개로 도장을 판다거나 부수고 문질러 지우개 인형을 만드는 것은 철없는 행위라고 할 수 있다. 사전적 뜻으로 해석해봐도 나는 여전히 철없이 살고 싶다. 틀에 매이지 않고 자신이 원하는 역할을 스스로 정해 사는 것이 더 멋지다고 느끼기 때문이다. 결국, 철들다의 뜻도 자기 나름대로 해석하면 그만이다.

철들다

봄, 여름, 가을, 겨울

영원한 계절은 없으며,

풍성한 가을이 왔다 해도

곧 혹독한 겨울이 오고,

아무리 혹독한 겨울이라도

결국 날은 풀리고 봄은 온다는

사철의 가르침이 몸에 스며들다.

인생 살다 보면 좋은 일이 생기기도 하고 나쁜 일이 생기기도 하지만 결국 '이 또한 다 지나가리라'는 솔로몬의 명언을 마음속에 새기고 있다면, 이 또한 철듦이리라.

철든 삶이
두려운 게 아니라
철든 삶을 사는 게 스스로에게
미안한 것이다.

머리부터 발끝까지 철저하게 철드는 것이

과연 누구를 위한 것인지 생각해볼지어다.

자신만만
白信滿滿

아주 자신이 있음.

그렇게 우리는 진짜가 된다

학창 시절 내내 나는 자신감이 없었다. 원래 없었던 것은 아니었다. 천둥벌거숭이처럼 천지 분간 못하고 뛰어다니다가 웅변대회에서 한 번 제대로 창피를 당한 후부터 자신감을 잃었다. 그때부터 있는 듯 없는 듯 그냥 조용히 앉아서 다른 친구들이 하는 것을 물끄러미 바라보고 부러워하기만 했다. 나는 운동신경이 좋지 않았기 때문에 운동신경이 좋은 친구들이 부러웠다. 특히 구기 종목에 대한 운동신경은 아직도 거의 제로에 가깝다고 해도 과언이 아니다. 살면서 운동신경이 타고난 사람들을 많이 보았다. 연습해서 잘하는 게 아니라 처음 했는데도 기본 이상의 실력을 갖추고 있는 사람. 그들은 특히 구기 종목에서 타고난 능력을 보인다. 축구를 잘하면 기본적으로 족구도 잘하고 농구, 배구, 탁구, 야구, 볼링 등 몸으로 공을 움직여야 하는 종목은 대부분 잘한다. 심지어 동체 시력도 좋다. 야구를 예로 들어보겠다. 타자는 날아오는 공을 보고 뇌가 움직임을 예측해서 근육의 수축과 이완으로 몸을 움직여 방망이로 공을 때리는 프로세스를 따르고 있을 것이다. 운동신경이 좋은 이들은 이렇게 복잡한 신경 전달의 프로세스를 부드럽고 유기적으로 작동시키고 있는 듯 보인다. 내 비루한 몸뚱이는 그러한 프로세스가 생략되거나 뚝뚝 끊기는 것 같다. 눈으로 공을 쫓다가 몸은 움직이지도 못한 채 공이 포수 글러브로 들어오기도 하고, 배트는 휘둘렀으나 공의 움직임을 제대로 예측하지 못해 헛스윙을 하기 일쑤였다. 같은 팀원들의 야유에 더 위축돼서 배트를 놓친 경우도 있었다. 축구와 농구는 패스만 잘해도 욕먹는 것은 면할 수 있지만 다른 종목은 그렇지 않아 매번 주눅이 들어 있었다.

어릴 땐 그게 '재능'이라는 선물을 받지 못했기 때문이라고 생각했다. 하지만 크고 나서 알게 되었다. 타고난 운동신경은 운동을 처음 배울 때 도움은 되지만 '실력'을 만들어주지는 못한다는 걸. 실력은 오로지 연습 시간과 노력에 비례할 뿐이었다. 내가 만약 매일 운동장에 고깔을 세워놓고 드리블이나 볼 트래핑, 패스, 슛 연습 등을 매일 100번씩 했다면 축구 실력은 늘었을 것이고 축구라는 종목에 자신감도 붙었을 것이다. 그렇게 몇 년간 훈련하면 운동신경은 좋으나 연습하지 않은 친구보다 축구를 잘하게 되는 것은 당연한 수순이었을 것이다. 다만 당시에 나는 그 정도로 운동에 대한 열망이 높지 않았다. 그래서 별로 연습하지 않았다. 그렇게 구기 종목은 내 인생에서 먼지 쌓인 창고의 한구석에 던져진 바람 빠진 공처럼 오랜 기간 방치되었다.

그럼 내가 자신 있는 분야는 뭐가 있을까? 곰곰이 생각해보니 엉뚱하게도 사격이라는 결론이 나온다. 사격이라면 선수를 제외한 누구에게도 지지 않을 만큼 자신이 있다. 군대를 다녀온 사람이라면 대부분 자신감 넘치는 분야다. 특히 난 어려서부터 활과 총에 관심이 많았고 모형 BB탄 총으로 사격 연습도 많이 했었다. 실제로 총을 쏴본 건 군대에서였는데 실탄이라 떨리긴 했지만 진짜 총을 쏴본다는 설렘도 있었다. 그래서 사격 훈련 때마다 열과 성을 다했다. 특히 힘들어서 다들 기피하는 PRI-피 나고 R-알 박이고 I-이 갈리는 훈련이라는 별칭을 가진 사격술 예비 훈련마저도 최선을 다했다. 덕분에 사격 성적이 좋아 포상휴가도 자주 받았다. 작년에는 실탄 사격장에 가서 권총 사격으로 사격왕 타이틀을 따 기념사진을 찍고 선물을 받기도 했다. 일반인이 자신 있는 분야가 사격이라니, 스스로 생각해봐도 어지간히 내세울 게 없긴 하다.

글 쓰는 사람이니 글에 대한 자신감은 없는가라고 묻는다면 아주 당당하게 없다고 밀힐 수 있다. 물론 일반인들보다 글에 대한 지식이나 글 쓰는 능력이 아주 약간 뛰어날 수도 있겠지만 작가들 사이에 놓고 보면 초라할 정도의 지식과 실력이다. 자신감이라는 게 그렇다. 비교를 피할 수 없다. 항상 비교 대상이 있어야 한다. 그리고 남들보다 잘한다는 확신이 있어야 자신감이 생긴다. 다시 말해 자신감은 남들보다 더 뛰어난 지식이나 능력이 있다고 스스로 믿는 감정이다. 능력이나 지식에 대한 기준은 곧 비교 대상을 통해 정해진다. 예를 들어 낚시를 겨우 두어 번 해본 사람은 아직 낚시 초보자라는 것에 이견이 없을 것이다. 하지만 여럿이 놀러 가서 낚시를 하게 되었는데 아무도 낚시를 해본 사람이 없다면 그 초보자는 '내가 낚시해봐서 아는데' 하면서 자신이 배웠던 미끼 끼우는 법이나 릴 다루는 법 등을 자신 있게 알려줄 것이다.

자신감은 곧 기준이 있는 상대 평가라고 말할 수 있겠다. 이렇게 대상과 상황, 능력에 대한 자신감이 조금씩 오르다 보면 이것이 '자기효능감'으로 발전한다. 자기효능감은 자신의 능력과 효율성에 대한 자신감이다. 어떤 일이 닥쳤을 때 그동안 잘 헤쳐 왔으니 이번에도 성공적으로 해결할 수 있다고 스스로를 믿고 긍정적인 태도를 취하는 것이다. 자기효능감이 생기면 해보지 않았던 미지의 경험에도 나는 할 수 있다는 의지와 도전의식이 생기게 된다.

한 분야에 자신감이 생기면 그와 관련된 분야에도 자신감이 전염되듯 퍼지게 되는 것을 느낄 수 있다. 예를 들어 물을 무서워하던 사람이 수영을 배워 물에 대한 두려움을 이기고 수영에 자신감이 붙으면 서핑이나, 웨이크보드, 스쿠버다이빙 등 물과 관련된 스포츠를 배우고 싶어 하는 것과 비슷하다. 나는 저질 체력에 근육이라고는 하나도 없는 삐쩍 마른 상태로 군대에 갔다가 유격 훈련을 받고 쓰러질 뻔했다. 체력과 근력을 모두 소진하고 정신력으로 하루, 악으로 하루, 깡으로 하루, 겨우겨우 버텨냈다. 말 그대로 불도 잘 붙지 않는 장작을 하얗게 완전연소시키듯 매일 바닥 난 체력을 쥐어 짰다. 그 후부터 저녁마다 체대 출신 동기와 함께 체력과 근력을 기를 수 있는 특훈을 했고, 1년 후 다시 겪게 된 유격 훈련에서는 큰 무리 없이 잘 넘겼을 뿐만 아니라 그 해 유격왕으로 선정돼서 포상휴가증까지 받았다. 체력과 근력에 자신감이 생기자 다른 훈련과 교육에도 능동적이고 적극적으로 임하게 되었고, 그 결과 사격, 총검술, 각개전투, 경계 등 다양한 교육에서 조교를 맡으며 말년까지 생고생을 자처했다. 이렇게 하나의 자신감이 메마른 논에 불붙듯 옮겨 붙어 자기효능감으로 발전하면 매사에 긍정적이고 능동적인 태도를 유지할 수 있다.

자신감의 콤비네이션으로 자기효능감을 느끼고 싶다면 작은 성취를 얻는 것부터 시작하는 게 좋겠다. 예를 들어 팔에 근육을 만들고 싶은 사람은 처음부터 무리하는 것보다 팔굽혀펴기를 하루에 하나씩 늘려 가며 하는 것이다. 한 번에 할 수 있는 최대치를 해보고 매일 하나씩 더 늘려 간다. 그렇게 한 달이 지나면 최초에 할 수 있었던 개수에서 30개가 늘게 된다. 팔 근육은 당연히 붙을 것이다. 그다음 조금 난이도를 높여 턱걸이로 바꿔서 하루에 하나씩 늘려 가는 것이다. 그렇게 또 한 달이 지나 한 번에 턱걸이를 30개 할 수 있게 되면 당신은 이미 팔의 전완근을 비롯해 이두, 삼두근뿐만 아니라 삼각근, 대흉근, 광배근, 척주기립근, 게다가 복근까지도 생겼을 것이다. 팔 근육에 대한 자신감을 넘어 상체 모든 근육에 자신감이 생기게 된다. 이제 클라이밍이나 해보지 않은 다른 운동에 도전해도 잘할 수 있을 것 같은 자기효능감이 생길 것이다. 자신감을 키우는 일은 근육 운동뿐만 아니라 약간 난이도를 높여 가며 작은 성취를 계속해서 얻을 수 있는 것이라면 무엇이든 가능하다. 심지어 자세만 살짝 바꾸는 것만으로도 자신감을 얻을 수 있다.

미국 하버드대의 사회심리학자인 에이미 커디는 '사람이 취하는 자세만 바꿔도 자신감이 생긴다'고 주장했다. 이는 실험을 통해서도 밝혀졌는데 실험 내용은 이렇다. A그룹은 가슴을 펴고 등을 의자에 기대앉거나, 의자에 앉은 상태에서 팔을 머리 뒤에 깍지 낀 채 책상에 다리를 올린다거나, 허리춤에 두 손을 걸친다거나 하는, 누가 봐도 당당하고 힘이 넘치는 열린 자세를 2분간 취했다. B그룹은 팔짱을

끼고 다리를 교차하거나, 고개를 숙이고 팔다리를 모으는 힘없이 움츠린 자세를 2분간 취했다. 실험에 참가한 이들을 딱딱한 분위기에서 어려운 면접을 보게 했다. 먼저 힘이 넘치는 자세를 취한 A그룹은 아주 자신감 있게 면접에 임했고, B그룹은 반대로 자신감이 결여된 말과 행동을 보였다고 한다. 실제로 호르몬 수치를 검사해 본 결과 자신감 있는 자세를 2분간 취한 A그룹은 자신감의 호르몬이라고 불리는 테스토스테론 분비량이 20%가 증가하고 스트레스 호르몬인 코르티솔은 25% 감소한 반면, 축 처지고 힘없는 자세를 취한 B그룹은 테스토스테론 분비량이 10% 감소하고 오히려 코르티솔이 15% 증가했다. 단지 2분 동안 취한 자세만으로 자신감은 물론 호르몬의 변화까지 차이가 있었다.

뇌는 생각보다 단순하다고 한다. 입에 볼펜을 가로로 물기만 해도 뇌는 기뻐서 웃는 것이라고 인식한다는 것은 이미 오래된 정설이다. 그렇다면 우리는 흉내만으로도 뇌를 속일 수 있다. 원하는 감정이나 상태가 있다면 이미 그 감정이나 상태에 도달해 있다고 생각하고 그대로 행동하는 것이다. 앞선 실험에서 나온 것처럼 대중 앞에서 자신감 있게 발표하고 싶으면 발표할 내용에 대해 '나는 이미 전문가다, 이번 발표에 자신이 넘친다'고 생각하고 당당하고 열린 자세를 취하면 된다. 뇌는 내가 전문가인지 아닌지 모른다. 다만 자신감이 있는 행동을 하는지 위축된 행동을 하는지에 따라 그에 맞는 호르몬을 내보낼 뿐이다. 뇌가 호르몬 분비와 신경전달을 통해 몸을 지배하는 것 같지만 거꾸로 나의 의지가 행동을 통제하고 그 행동을 본 후 뇌가 반응하게 되는 경우도 있다는 것이다.

우리 모두 척하자. 자신감 있는 척. 잘하는 척. 용감한 척. 행복한 척. 뇌를 속이면 우리 몸도 속일 수 있다. 뇌와 우리 몸이 속으면 나도 속게 된다. 그러면 그건 진짜가 된다. 우리가 원하는 감정과 상태를 진짜로 만들어보자. 그리고 자신감을 가지고 해보고 싶었던 것들에 도전하자. 그렇게 모험적이며 자기주도적인 삶을 신나게 살아보자.

우리는
자신감을 없앨 수도
있지만 만들 수도 있다.

자신감이 넘쳐 자만심이 되더라도

한 번쯤은 자신감에 충만한 삶을 살아봐야 할지어다.

자타공인

白他共認

자기나 남들이 다 같이 인정함.

내 안의 내진설계

나는 딱히 잘하는 것이 없다. 자기소개서 특기란에 매번 무얼 써야할지 고심하다 좋아하는 것을 쓰곤 했다. 남들과 비교해서 특출 난 재능이나 능력이 있어 자신감이 넘치는 분야도 거의 없다. 악기 하나 다룰 줄 모르고 유창하게 할 줄 아는 외국어도 없다. 외모도 내세울 만한것이 못되고 패션 감각마저 떨어진다. 자기비하가 아니라 그게 나의 현실이다. 이런 보잘것없는 나에게도 다행스러운 게 있다면 나를 잘 파악하고 있다는 것이다. 남과 나의 다름을 알고 인정함으로써 남과 비교하지 않으며, 남보다 가진 것이 없다고 해서 좌절하거나 마음 상하지 않는다. 물론 나보다 가진 게 많은 사람을 부러워하긴 한다. 하지만 거기서그친다. 질투심이나 시기심을 가지진 않는다. 누가 악기를 잘 다루거나외국어를 유창히게 히는 것을 보면 부럽다. 히지만 그건 그 시람이 많은시간과 노력을 들여 성취한 것이지 거저 주어진 것이 아니라는 것을 잘 안다. 나도 외국어를 잘하고 싶다면 그처럼 노력하면 된다. 그러지 않는 이유는 오랜 시간과 노력을 들일 정도로 필요를 느끼지 않으며 원하지 않기 때문이다. 나의 현실을 직시하고 인정하는 것. 즉 자기 객관화 하는 것이 요즘 한창 대두되는 자존감의 시작이 아닐까 생각한다.

앞선 글에서 자신감에 관해 썼다. 자존감과 자신감은 비슷하지만 큰 차이가 있다. 자신감은 남들보다 더 뛰어난 지식이나 능력이 있다고 믿는 감정이다. 비교 대상이 있어야 한다. 그리고 비교 대상보다 양적으로든 질적으로든 우위에 있다는 믿음이 있어야 한다. 하지만 자존감은 어떨까? 자존감은 비교 대상도, 기준도 없다. 철저하게 내가 나에게 내리는 절대평가다. 능력에 대한 평가가 아니라 자기가 가치 있다고 믿고 스스로 존중하는 마음이다. 존중에 대한 이유는 스스로 만들면 된다. 단순히 '이 세상에는 가치 없고 존중할 필요도 없는 사람은 없다. 사회적인 능력이 없는 사람일지라도 존중해야 할 가치가 있는 존재다.' 이런 기본적 인권의 논리만으로도 충분한 이유가 될 수 있다. 남에게 존중받고 싶으면 나부터 남을 존중해야 하지만 가장 먼저 자기 스스로를 존중해야 한다. 자존감이 높으면 남과 비교하지 않는다. 남의 비난에도 상처받거나 흔들리지 않는다. 남이 뭐라든 나에 대해선 내가 가장 잘 알기 때문에 이해할 만한 비판이라면 인정할 것이고, 이유 없는 모독이라면 무시할 것이다. 반대로 자존감이 낮으면 애인에게 집착하거나 술에 의존하거나 게임에 중독되는 등 다른 사람, 또는 다른 어떤 것에 의지하게 된다. 심하면 자기비하와 자학까지도 하게 된다. 자존감은 모든 감정의 기반이자 타인이나 상황에 흔들리지 않게 하는 기둥이며, 나를 나답게 살게 하는 나침반인 동시에 자아를 보호하는 최후의 보호막인 셈이다.

자존감은 어떻게 얻을 수 있을까?

그동안 읽은 서적과 출처가 기억나지 않는 여기저기서 귀동냥으로 얻은 정보, 그리고 스스로 느끼고 깨달은 경험을 섞어 풀어보겠다. 이것은 전문가가 아닌 나의 주관적인 소견이기 때문에 100%로 신뢰하지는 않기를 바란다. 먼저 자존감을 얻으려면 우선 자신에 대해 알아야 한다. 내가 나를 왜 몰라? 하고 반문할지도 모르겠다. 사람들은 자신에 대해 잘 안다고 확신하지만 실상은 장님이 코끼리 만지듯 대충 혹은 일부분만 아는 경우가 많다. 인생은 평생 나를 알아가는 여정이라고 할 정도로 사람들은 자기 자신에 대해 잘 모른다. 어딘가로 가려면 먼저 내가 어디 있는지 알아야 하듯 내가 내가 현재보다 발전하고 나아지기 위해서는 현재의 나에 대해 정확히 파악해야 할 필요가 있다. 유년기, 청소년기에 확립되어야 할 자아정체성이 완전히 갖춰지지 않았다면 나를 알아가는 단계는 꼭 필요하다.

나에 대해서는 어떻게 알 수 있을까?

이제는 남의 시선에 신경 쓰는 것이 아니라 나에게 집중해야 할 때다. 그동안 밖으로만 나돌던 관심의 포커스를 안으로 옮겨 나 자신을 살펴보자.

1. 끊임없이 스스로에게 질문을 던지자

자문자답 형식으로 말로 하면 미친 사람으로 오해할 수 있으니 이왕이면 노트를 펴놓고 적는 것이 좋겠다. 경험과 상황에 대한 나의 감정을 알기에는 일기만한 게 없다. 상황과 경험을 통해 느낀 감정 등을 적으면 된다.

2. 한때 다이어리 포맷으로 유행했던 100문 100답과 같은 질의응답을 작성해보자

내가 좋아하는 것, 싫어하는 것, 귀찮아하는 것, 무서워하는 것 등 감정에 대한 답을 내리고 이유를 찾는 것이다. 대개의 이유는 과거의 경험과 밀접한 관계가 있다. 나의 아버지는 해산물과 양갱을 좋아하신다. 그 이유를 여쭤보면 어릴 적 넉넉하지 못한 환경으로 먹고 싶어도 먹지 못하였기 때문에 한으로 남아 있었다고 한다. 또 나는 벌을 무서워하는데 그 이유는 초등학교 때 조회 시간에 벌을 가지고 장난치다가 제대로 쏘여서 며칠 동안 고생했던 기억이 있기 때문이다.

3. 옛 기억을 적으며 내 성격이 어떻게 형성되었는지 생각해 보자

제일 행복했던 기억, 너무 화가 났던 기억, 생각도 하기 싫은 기억, 정말 창피했던 기억 등 뇌리에 박힌 과거의 기억을 떠올려보는 것이다. 그 기억에 대해 감정이 좋다 나쁘다 평가를 내릴 필요는 없다. 그냥 생각나는 대로 적기만 해도 좋다. 대학교 아동심리학 수업 시간에 이 방법을 배웠는데 이 과정을 통해서 나의 상처받은 내면의 아이를 치유하는 데 큰 도움이 됐다. 내면의 아이란 유년기에 불행한 기억을 안고 있는 내 안의 또 다른 자아라고 할 수 있다. 잊고 싶었던, 아니 잊었다고 믿고 있었던 유년기의 괴로운 기억과 마주하고 그때의 상처와 감정을 보듬어주는 것만으로도 큰 위로가 되었으며 소심했던 성격도 많이 바뀌었다.

4. 아무 때나 생각나는 것을 메모하는 습관을 들이자

감정은 예고 없이 불현듯이 생기기 때문이다. 예를 들어 아침 일찍 출근하는데 은은하게 비추는 햇살과 지저귀는 새소리에 기분이 좋아졌으면 그걸 쓰면 된다. 자기 전에 이불을 덮는데 깨끗하게 빨린 이불 냄새가 좋았으면 잠깐 일어나 그 기분을 적는다. 반대로 냄새나는 노숙자가 다가와서 기분이 나빴다가 그 감정에 약간 죄책감이 들었으면 감정 그대로를 옮긴다. 남에게 보이기 창피하거나 부끄러운 감정도 다 자신의 감정이니 감추지 말고 솔직하게 직시하는 것이 중요하다. 자신의 일과시간에 따라 적으면 생활 방식과 시간별, 위치별 감정에 대한 객관적인 데이터를 얻을 수 있다.

5. 나를 잘 파악하고 있을 만한 주변인에게 물어보자

다른 사람이 보는 나는 어떤 사람인지 알아보기에 가장 좋은 방법이다. 나를 오랫동안 봐온 가족이나 친구도 좋고, 안 지 얼마 안 된 동료나 선, 후배에게 묻는 것도 좋다. 모르는 사람에 대해 취재하듯 최대한 직설적이며 솔직한 답변을 들어야 한다. 단, 좋지 않은 평가가 나와도 화내거나 삐치지 않기.

이런 식으로 나에 대한 직·간접적, 주·객관적 데이터가 쌓이면 읽어

보고 나와 얼마나 맞는지 일체화시켜본다. 남에게 보이고 싶은 내가 아니라 실제의 나를 솔직하게 대면하는 것이다. 축적된 데이터를 살펴보면 아아, 내가 그랬구나. 나는 이런 사람이었구나 하고 스스로 놀라는 부분도 있을 것이다. 전혀 납득하지 못하는 부분이 있다 하더라도 아니라고 부정하기보다는 그런가 보다 하고 넘어가는 편이 좋다. 한번 부정하기 시작하면 객관화 작업에서 점점 멀어지게 된다.

새롭게 알게 된 나를 인정하는 과정이 필요하다

부끄러운 점도 있을 수 있고 자랑스러운 점도 있을 수 있다. 나의 단점도 나고 장점도 나다. 단점은 고치면 되고 장점은 키우면 된다. 하지만 지금의 나는 딱 이 꼴이라는 것을 인정해야 한다. 객관화한 나를 볼 때 자기자신을 보는 것이 아니라 나를 어떤 소설이나 영화의 주인공이라고 생각하면서 감정이입을 하다 보면 다양한 감정이 생길 것이다. 한편으로는 안쓰럽고 어떤 면에서는 기특하고 이 부분은 창피하고 저 부분은 애틋하고 이건 참 못났고 저건 참 부럽고 하는 감정들이 생길 것이다. 그러면서 자기애가 생긴다. 너무 과하면 나르시시즘으로 변형될 수 있으나 우리는 자기의 좋은 면뿐만 아니라 나쁜 면도 직시했으니 스스로에게 반하진 않을 것이라 사료된다. 내가 나를 사랑하게 되면 좋지 않은 행동은 삼가게 되고 스스로를 아낄 수 있다. 어떤 실수를 해도 자책하지 않고 스스로 격려하고 위로해줄 수 있으며 작은 성과에도 칭찬하고 보상을 해주게 된다. 그렇게 하나의 소중한 인격체로서 자기를 존중할 수 있다. 이 프로세스로 나는 자존감을 회복했으나 사람에 따라서는 전혀 효과가 없을 수도 있다. 앞서 말했듯이 나는 이 분야의 전문가가 아니라 경험자로서 일종의 고백을 하는 셈이다.

이렇게 회복된 자존감 덕분에 난 내세울 거 하나 없어도 남 눈치 안 보고 당당하게 살고 있다. 나는 못하는데 다른 사람이 잘하는 것에 대해서도 부럽긴 하되 주눅 들지 않는다. 못한다고 못난 사람 아니고 잘한다고 잘난 사람 아니라는 것을 알게 되었기 때문이다. 잘하면 자신감이 생기겠지만 그 자신감이 자존감까지 채워주진 않는다. 못하면 자신감이 떨어지겠지만 그 떨어진 자신감이 자존감까지 상처 주지는 못한다. 잘하는지 못하는지가 중요한 게 아니다. 나라는 존재가 거기 있는지 없는지가 제일 중요한 것이다. 자신감 없는 주인공은 있어도 주인공 없는 영화는 없듯이.

자존감의 시작은 **타**인을 조연, 자신을 주인**공**으로 **인**정하는 것이다.

내가 나를 존중하고 인정하면
더 이상 타인의 평가에 흔들리지 않을지이다.

2장 너와 나의 거리를 재다

설상가상

雪上加霜

어려운 일이 겹침을 이름 또는 환난이 거듭됨을

비유하여 이르는 말.

이 연사, 외칩니다

쥐구멍이라도 있으면 숨고 싶은 기분을 느낀 적이 있는가? 천지 분간 못하던 어린 시절, 내 잘못이 아닌데도 불구하고 그런 기분을 느낀 적이 있다. 오늘은 내 인생에서 가장 떠올리기 싫은 순간 중의 한 장면을 떠올려보려 한다. 벌써 30년 가까이 지난 일이지만 그때의 기분과 상황, 공기까지 생생하게 기억나는 것은 내 인생에서 가장 충격적인 사건이었기 때문일 것이다.

때는 초등학교 1학년. 가족이 서울에서 인천으로 이사를 하는 바람에 학교를 옮기게 되었다. 그 당시의 나는 생각과 감정을 표현하는 데 거침이 없는 아이였다. 지금 생각해보면 창피함이라는 감정을 아예 몰랐던 것 같다. 새로운 학교에 적응하고 새로운 친구들을 만나는 것에도 어떤 걱정과 두려움이 전혀 없었다. 인천 친구들은 서울에서 온 활발한 성격의 내 주변에 모여들었고, 나는 아이들의 관심이 싫지 않았다. 나는 수업 시간에도 눈에 띄는 학생이었다. 쉽게 말해 나대는 아이였다. 유치원 때부터 웅변학원에 다녔던 덕분에 발표도 곧잘 했다. 내가 웅변학원에 다녔다는 것을 안 선생님은 친구들 앞에서 웅변을 한번 해보라고 시키셨고, 나는 또 빼지 않고 나가서 목청껏 '이 연사'를 외쳤다. 그 당시 웅변학원에서는 학원생들에게 웅변 대본을 외우게 한 다음 말의 강약과 속도, 억양, 어조, 제스처까지 똑같이 하도록 기계적으로 가르쳤다. 마지막은 꼭 두 손을 높이 치켜들고 '이 연사, 목 놓아 외칩니다!'로 끝났다. 그 후로도 가끔 담임선생님은 나를 교단으로 불러 웅변을 시키곤 하셨다. 그놈의 웅변이 뭐라고 담임선생님은 나를 유달리 예뻐하셨고, 다른 반 선생님에게 자랑하기까지에 이르렀다. 선생님의 편애가 심해질수록 같은 반 친구들의 질투도 점점 심해졌지만 어린 나는 질투 어린 시선을 눈치채지 못했다.

때마침 그리고 하필이면 교내 웅변대회가 열렸다. 담임선생님에게는 '때마침'이었지만 나에게는 '하필이면' 웅변대회가 열린 것이었다. 고학년만 참가할 수 있는 대회였는데 나를 다른 선생님들에게 자랑할 기회라고 생각한 담임선생님은 주최 측에 억지로 우겨 참가시켰다. 저학년 중에서 나만 참가시키는 것은 형평성에 어긋나기 때문이었는지 마치 초대가수처럼 제일 먼저 무대에 서게 되었다. 교실 벽에 거치된 TV

를 통해 전교생에게 생중계되는 나름 큰 무대였다. 담임선생님은 그동 안 반 친구들 앞에서 수없이 반복했던 똑같은 레퍼토리의 웅변 말고 다른 내용의 웅변으로 해보라고 하셨다. 지금이었다면 대본을 찾아서 미리 연습도 하고, 리허설도 해봤을 테지만 그때는 정말 아무 생각도 없었다. 2년 동안 배운 웅변이 하나의 레퍼토리만 있던 것은 아니었기에 그냥 시작만 하면 막힘없이 술술 나올 줄 알았다.

무대에 오르니 카메라가 나를 매섭게 노려보고 있었다. 두려운 마음이 들었지만 일단 시작했다. 안 한 지 1년이 넘었던 레퍼토리였기에 중간쯤까지 진행하자 점점 기억이 희미해지기 시작했다. 가물가물한 대사를 억지로 더듬더듬 이어가다 결국 기어가는 목소리로 "잘 모르겠어요." 하고 무대에서 내려왔다. 담임선생님은 주최 측에 큰소리를 뻥뻥 쳐서 억지로 세운 무대를 망친 내게 실망하신 눈치였다. 교실 문을 열었더니 마치 오늘을 기다렸다는 듯 친구들의 조롱과 놀림이 시작되었다. '웅변 하나로 그렇게 선생님의 사랑을 독차지하더니 쌤통이다' 하고 생각했던 모양이다. 웅변으로 선 자 웅변으로 망한 꼴이었다.

"살살살~"
"으하하하! 잘 모르겠는데용."

"잘 하지도 못하면서 왜 잘난 척했냐?"

"지도 웅변 엄청 못하네, 뭐."

예상치 못했던 아이들의 차가운 반응에 순간 눈물이 왈칵 쏟아졌다. '쥐구멍이라도 있으면 숨고 싶은 기분'이라는 말을 몰랐을 때였지만 딱 그 기분이었다. 그러나 교실 안에는 숨을 곳이 없었다. 일부러 지우개를 떨어뜨리고는 지우개를 찾는 척 책상 밑에 기어들었다. 아이들의 비웃음이 그칠 때까지 한참 동안 나오지 않았다. 굴욕감? 모멸감? 모욕감? 분통? 그때 내가 느낀 기분을 정확히 뭐라고 표현하면 좋을까? 화나고, 분하고, 억울하고, 슬프고, 창피하고, 무섭기까지 했던, 잊고 싶지만 잊히지 않는 온갖 감정이 소용돌이치던 그날의 기분. 그 후 선생님의 편애는 잦아들었고, 친구들은 멀어졌으며 내 적극적이고 활달하던 성격도 온데간데없이 사라졌다. 쥐구멍으로 숨지 못한 나는 쥐 죽은 듯 조용히 지냈다. 큰 충격으로 말을 잃은 실어증 환자처럼….

왜 그랬는지는 모르겠으나 그날의 일은 부모님께 말씀드리지 않았다. 부모님께 걱정을 끼쳐드리고 싶지 않다는 마음 때문은 아니었다. 아마 다시 떠올리기조차 싫어서 그랬던 것 같다. 초등학교 1학년, 창피함의 융단폭격을 맞고 극도로 소심해진 나는 2학년이 되면서 괴롭힘의 대상이 되었다. 등하굣길에 아무도 마주치고 싶지 않아서 아파트를 멀리 빙 돌아가기도 했다. 한 번은 집에 가는 도중에 등짝을 걷어차여서 앞으로 꼬꾸라진 적이 있었다. 다급히 손을 앞으로 짚어 얼굴을 다치지는 않았지만, 손바닥과 무릎이 모래운동장에 쓸려 피가 맺혔었다. 평소 나를 괴롭히던 우리 반 4인방의 소행이었다. 그때 나는 순간 속으로 고민을 했다. '여기서 내가 어떻게 반응을 해야 괴롭힘에 흥미를 잃고 그냥 가던 길을 갈까?'

곰을 만나면 죽은 체하라는 동화책을 읽었기 때문이었을까? 내 선택은 넘어진 채로 일어나지 않는 것이었다. 아이들은 나를 묻어주려는 듯 모래를 발로 차서 나에게 뿌리기 시작했다. 머리와 얼굴에 모래가 쏟아졌고, 귓속까지 모래가 들어왔다. 잘못된 선택을 했음을 깨달은 나는 일어나서 신발주머니를 빙빙 돌리며 아이들을 향해 달려갔다. 머리와 얼굴에 하얗게 모래를 뒤집어쓰고 뛰어오는 나를 보며 아이들은 마구 웃었다. 나는 신발주머니로 아이들을 때릴 생각으로 달려갔고 아이들은 뿔뿔이 흩어졌다. 나는 멈추지 않고 4인방 중 한 명을 목표로 삼아 끝까지 쫓아갔다. 그 아이는 도망가다 지쳐 아파트 뒤 놀이터에서 주저 앉고 밀았다. 내가 점점 다가가자 그 아이는 모래를 뿌리며 소리를 질렀다. "나만 그런 것도 아닌데 왜 나한테만 그래!"

그때 내가 뭐라고 대꾸했는지는 기억나지 않지만 그 아이의 머리와 옷에 모래를 듬뿍 뿌려주고 집으로 온 것은 기억하고 있다. 그렇게 그다음 날에도 한 명, 그다음 날에도 한 명씩 끝까지 쫓아가 내가 당했던 그대로 갚아줬다. 여럿이 있을 때는 그렇게 악랄하게 굴더니, 혼자가 되자 다 나처럼 마음 약한 아이들일 뿐이었다. 쫓아만 갔을 뿐인데도 제자리에 주저앉아 엉엉 울던 아이도 있었다. 이윽고 괴롭힘은 사라졌다. 참기 힘들었던 상황을 스스로의 의지로 벗어난 것이 대견했고 조금씩 자신감을 되찾았다. 하지만 아직 친구는 없었다. 나는 모아뒀던 용돈으로 하나에 10원짜리 풍선껌을 몇 개씩 사서 친해지고 싶은 아이들에게 나눠주었다. 며칠 선물 공세를 하니 어색해하던 아이들도 조금씩 마음을 열었다. 그렇게 하나둘 친구를 만들자 베스트프렌드들만 초대한다는 생일잔치에도 초대받게 되었다.

결과는 좋았지만 내가 행했던 '눈에는 눈, 이에는 이'와 '1:1 각개격파' 같은 대처법이 좋은 방법이라고는 할 수 없다. 오히려 역효과를 불러올 수도 있었다. 하지만 어른에게 도움을 청하거나 모든 잘못을 내 탓으로 돌리며 아이들을 회피하고 싶지는 않았다. 정면으로 맞서고 싶었다. 어쨌든 아이들의 따돌림은 일단락되었지만, 그렇다고 해서 내성적이고 소심해진 성격이 바로 바뀌진 않았다. 예전의 활달하고 적극적인 상태로 돌아가기까지는 20년의 세월이 더 걸렸다. 군대에서 후임병들에게 무시당하지 않기 위해 억지로 적극적이고 외향적인 양 연기를 하다 보니 실제로 조금씩 그렇게 바뀌었고, 대학 때 우연히 들었던 아동심리학 수업을 통해 상처받은 내면의 아이를 인정하고 위로하면서 많이 좋아졌다. 그날의 상처도, 안 좋았던 기억도 아직 남아 있지만, 그런 일을 경험했기에 남의 행동에 크게 상처받지 않는 강인한 마음을 가질 수 있었다. 상대가 내뱉은 말을 곧이곧대로 받으면 상처가 되지만 무시하면 그저 허공에서 울리는 의미 없는 말에 지나지 않는다. 혹여 그 말이 맞다면 쿨하게 인정하고 받아들이면 된다. 틀렸다면? 신경 쓸 가치도 없는 것이다.

만약에 어떤 사람이 당신에게 똥을 던졌다고 치자. 당신은 그것을 받을 것인가? 거의 모든 사람은 받지 않고 피할 것이다. 상처도 그렇다. 남이 상처를 주려고 해도 내가 받지 않으면 그만이다. 주고받아야 성립이 된다. 상대가 뇌물을 줘도 내가 받지 않으면 뇌물수수죄가 성립되지 않는 것처럼. 물론 상대의 뇌물공여죄는 성립된다. 내가 상처받지 않았다고 해도 상처를 주려고 한 놈이 나쁜 놈이라는 건 변치 않는다는 얘기다. 최근에는 학교뿐만 아니라 군대, 직장 내에서도 '왕따'가 일어난다고 한다. 성인이 되어서도 그런 몰지각한 행동을 한다니 참으로 안타까운 일이다. 어릴 적의 나쁜 녀석들이 철들지 못하고 못된 버릇을 간직한 채 그대로 자란 탓이다. 자기 탓이라고 자학하지 말자. 남이 내게 하는 못된 말과 행동보다 스스로에게 하는 못된 말과 행동이 더 아프고 큰 상처가 된다. 아무도 곁에 없다고 생각될 때는 거울을 보자. 그리고 힘들어하는 자신에게 칭찬과 위로를 건네자. 나 자신이야말로 영원한 내 편이다.

놀림과
설움의
상처는
가상의
상처라는 것을 잊지 말자.

받고자 하면 받을 것이고 안 받고자 하면 받지 않을 것이다.
힘든 상황이 내 탓이라며 엎친 데 덮친 격으로 스스로에게
상처주지 말지어다.

오매불망

寤寐不忘

자나 깨나 잊지 못함.

오해가 오예^{Oh, Yeah}가 되는 그날까지

'아, 답답해. 말이 안 통하네.'라는 감정은 언어가 통하지 않는 다른 나라에 가야만 느끼는 감정은 아니다. 같은 민족끼리 같은 언어를 쓴다고 해도 말이 안 통할 때가 더 많다. 서로 생각이 달라서? 아니다. 그건 이유가 될 수 없다. 서로 생각이 다르기 때문에 말이 생겼을 테고 의사소통이 중요한 거니까. 의사소통이 안 되는 이유는 사용하는 언어가 다르기 때문이 아니라 서로의 생각이 다름을 받아들이지 않기 때문이 아닐까? 오히려 다른 언어를 쓰는 사람이나 다른 민족과 더 얘기가 잘 통할 때가 있다. 국가적 혹은 언어적 사대주의라기보다는 서로 다르다는 것이 이미 표면적^{외모적}으로 드러나 있기 때문에 나와 생각이 다르더라도 그 '다름'을 쉽게 인정하고 받아들일 수 있는 것이라고 생각한다.

특히 다양한 생각과 사상이 공존하는 현시대에 의사소통의 중요성은 어디서나 누구에게나 강조된다. 초등학생부터 대학생, 직장인, 청와

대에 있는 대통령에 이르기까지 누구에게나 꼭 필요한 능력으로 대두되고 있다. 꼭 말을 조리 있게, 기승전결에 맞춰서 해야 한다는 교과서적 얘기를 하려는 게 아니다. 내 영어 실력이 좋지 않아 문법적으로는 많은 부분을 틀려도 해외여행에 가서 먹고 자는 데 큰 불편함이 없는 걸 보면 소통에 중요한 건 그게 아닌 것 같다. 내가 말하고자 하는 바를 상대에게 제대로 전달하려는 의지가 중요한 게 아닐까. 물론 문법과 단어의 사용이 크게 잘못되면 안 되겠지만.

소통의 기본은 상대를 알고자 하는 마음이다. 알고자 하는 마음과 알리고자 하는 마음은 사람의 기본 심리다. 그렇기에 누구나 상대의 마음을 알기 위해 애를 쓴다. 특히 연애할 적에 유독 심할 것이다. 나 역시 상대의 마음을 파악하는 것에 관심이 많았다. 그래서 연애심리에 관한 책을 다양하게 읽어봤지만 이렇다 할 만한 정답을 찾지 못했다.

한때는 몸짓으로 상대의 심리를 파악하는 책이 유행이라 읽은 적이 있었다. 저명한 학자들이 실험을 통해 알아낸 연구 결과에 심리학적 근거를 들어 몸짓의 속뜻을 풀어놓았다. 현재는 많은 이들이 알고 있는 내용으로 스스로 팔짱을 끼는 것은 방어적인 태도, 상대 쪽으로 상체를 기우는 것은 관심이 있다는 표현, 눈동자를 위로 굴리면 거짓말을 생각하는 것이라거나 주머니에 손을 넣는 것은 자신감의 표현이며 입을 가리는 것은 얘기를 그만하고 싶다는 것이라는 등의 내용이 실려 있었다. 줄까지 그어 가며 숙지했었지만 다 읽고 나니 별로 믿음이 가지 않았다. 일단 나는 팔짱을 끼거나 주머니에 손을 넣는 습관이 있는데 그건 방어적이거나 자신감의 표현이 아니라 그저 손이 어색한 게 싫었을 뿐이었다. 내게는 그런 행동이 방어적인 표현이 아니라 단순히 둘 데 없는 손을 고정하는 방편에 불과했다.

같은 행동이라도 심리 결과가 다르게 나오는 책도 있었다. 결국 책에만 의존하면 안 되겠다는 생각을 했다. 그러면서도 영화 〈왓 위민 원트〉의 주인공 닉 마샬처럼 사람의 속마음이 들렸으면 참 좋겠다는 허무맹랑한 생각이 끊이지 않았다. 그런 초능력이 없는 나로서는 대놓고 묻는 수밖에 없다. 그리고 물어봐서 궁금함이 해결된 적이 더 많았다. 결국 서로에 대해 알기 위해서는 솔직한 대화만한 것이 없다. 자신이 느끼는 감정과 생각을 가감 없이 상대방에게 털어놓는 것이 물론 쉽지는 않다. 상대에게 속마음을 보였을 때 상대도 똑같이 속마음을 보여줄지 의심스럽기 때문이다. 왠지 나만 내 숨은 패를 보여주는 것 같다. 전쟁터에서 갑옷 벗고 무기 버리고 혼자만 맨몸으로 싸우는 듯한 느낌까지 들기도 한다.

상대에 대한 믿음이 충분치 않아 상처받는 게 두렵겠지만 방법이 없다. 자기방어와 선 긋기는 연애나 인간관계에 걸림돌이 될 뿐이다. 누군가와 관계를 맺으려면 상처받을 각오도 필요하다. 헤어짐을 염두에 두라는 말이 아니다. 상대의 사소한 말 한마디나 행동 하나에도 상처받기 쉬운 나약한 존재임을 인정하고 솔직하게 다가가자는 말이다. 그래야 오해를 줄일 수 있다. 굳이 연애할 때가 아니어도 살면서 무수히도 많은 오해가 생긴다. 예를 들면 이런 거다.

선생님 : 야야, 철수 인마 어디 갔노?

학생들 : ……

선생님 : 철수, 어디 갔노 말이다!

학생 1 : 시끄러요.

선생님 : 뭐라꼬?

학생 1 : 시끄러요.

선생님 : 이놈이, 나와!

학생 1 : 시끄러요. 손 시끄러 화장실에 갔다고예.

오해의 단면을 보여주는 옛날 옛적 유머다. 소통은 이렇게 오해를 동반하기도 한다. 모든 드라마나 영화에 오해는 필수 요소다. 등장인물

간의 갈등은 반 이상이 오해 때문이다. 가족, 친구, 연인처럼 가까운 사이일수록 오해가 더 쉽게 쌓인다. 말하지 않아도 알아줄 거라고 기대하고 믿기 때문이기도 하고 가깝기 때문에 오히려 대화가 부족하기 때문이기도 하다. 도대체 오해는 왜 생기는 걸까? 오해한 사람이 잘못한 걸까? 오해하게 만든 사람이 잘못한 걸까? 이런 잘잘못을 따지다 보면 오해의 골은 더 깊어질 뿐이다. 오해가 생긴 것을 있는 그대로 인정하고, 그 이유에 대해선 심각하게 생각하지 말자. 서로 맞지 않아서 생기는 것은 아니다. 싫어서, 미워서 생기는 것은 더욱 아니다. 그저 매끄러운 커뮤니케이션에 저항하는 마찰력이라고 생각하자. 시간이 흐르면서 산화되어 생기는 녹이라고 생각하자. 누구의 잘못이 아닌 자연의 섭리인 것처럼. 하지만 경계를 늦춰서는 안 된다. 오해는 먼지와 같아서 신경 쓰지 않고 있으면 켜켜이 쌓인다. 수시로 오해의 먼지를 닦아줘야 한다. 혼자 닦을 수도 없다. 유리창 닦듯이 내 쪽의 오해는 내가, 상대의 오해는 상대가 닦아야 한다. 내가 보는 것이 상대가 보이고자 하는 것이었는지 꾸준히 대화하며 알아봐야 한다. 오해는 방치하면 주머니 속의 이어폰처럼 더 엉키게 될 뿐이다. 풀기 어려울 정도로 엉키기 전에 서로 풀어줘야 한다. 서로 연결되어 있어 그만큼 가깝기에 쉽게 엉키는 것이라고 자위하며….

서로 보는 곳의 각도를 맞추고, 발걸음의 속도를 맞추듯 말하고 듣는 것의 정확도도 맞춰야 한다. 박쥐나 돌고래가 초음파로 사물을 확인하는 것처럼 결국 우리는 대화로 서로를 알아가야 한다. 5-3=2 라며 어떤 오해(5)라도 세 번(3)을 생각하면 이해(2)할 수 있게 된다는 멍멍이 소리를 믿지 말자. 혼자 고민하고 생각해선 어떤 오해도 깔끔하게 해결할 수 없다. 결국 대화밖에 없다.

오해는
매듭 같아서 바로 풀지 않으면
불신과 불만이 뒤엉켜 관계를
망친다.

자나 깨나 말조심,

자나 깨나 오해 조심하면 백년해로 힐지어다.

거두절미

去頭截尾

앞뒤의 잔사설을 빼놓고 요점만을 말함.

착한 아이가 아니어도 괜찮아

밖을 나서니 아직 쌀쌀하지만 햇볕은 참 좋다. 거리에는 벌써부터 제2의 벚꽃 연금을 노리는 듯한 노래들이 들려온다. 의도야 어떻든 화사한 봄날에 봄 노래를 듣자니 하릴없이 마음이 설렌다. 몇 주만 지나면 사방에 눈부신 벚꽃과 함께 눈꼴신 커플들도 만개하겠지. 정확한지는 모르겠으나 근 몇 년 동안 벚꽃이 만개할 즈음마다 비가 왔던 거로 기억한다. 그것도 벚꽃 축제 기간 초반에. 딱히 비가 오길 바란 것은 아니었으나 내심 꼬시다는 못난 생각을 했었다. 벚꽃 까짓것 우리 아파트 단지에도 많이 피는데 굳이 사람 바글바글한 축제까지 갈 필요가 뭐가 있냐며 자기합리화를 하다가도 막상 가면 좋긴 하겠다는 생각을 지울 수 없다. 사람은 이리도 쿨하기가 힘들다. JTBC의 〈마녀사냥〉이라는 프로그램에서 성시경이 한 말이 있다. "쿨한 척하는 것들은 다 '쿨 몽둥이'로 맞아야 한다"고. 누군가를 상대하는 태도로는 쿨한 척을 하기보다 진심을 다하는 것이 중요하다는 것이다. 나도 한때 쿨한 척을 부단히도 했다. '그럴 수도 있지. 이해해. 괜찮아. 난 아무렇지도 않아. 그거 말고도 신경 쓸 일이 많아. 별로 관심 없어.' 남을 이해하는 것처럼 말했지만 결국은 내가 상처받기 싫어서 그런 거였다. 다 부질없는 행동이라는 걸 이제는 안다. 뭐든 자기감정에 솔직한 게 최고다.

지금은 많이 변했지만 스무 살 때는 낯을 많이 가렸다. 말수도 적고, 감정 표현도 서툴렀고, 대화할 때 상대방의 눈도 똑바로 바라보지 못하는 내성적인 사람이었다. 앞에 나서는 걸 싫어하고, 다른 사람이 하자는 대로 따라가기만 했다. 이런 성격이 싫고 답답해 고치고 싶었다. 그러던 중 한 친구가 임도 보고 뽕도 따는 좋은 치료법을 생각해냈다. 대담해지기 프로젝트의 일환으로 번화가에 가서 헌팅을 해보자는 것이었다. 지금은 어디가 핫플레이스인지 모르겠지만 당시에는 대학로 마로니에 공원이나 강남 뉴욕제과 앞이 헌팅 장소로 가장 핫한 곳이었다. 아마 그때가 햇살 좋은 봄이었던 거 같다. 역시 핫플레이스답게 약속을 기다리는 사람들이 많았다. 벌써 십수 년이 지났는데도 글을 쓰면서 그때 기억을 떠올리니 괜스레 떨린다. 친구들에게 졸보라고 놀림당하기 싫은 마음에 그나마 까칠하지 않을 것 같은 여성에게 다가가 말을 걸었다. 결과는 굳이 말하지 않겠다. 그렇게 해가 지고 저녁에는 술집에 가서 같은 짓을 또 시작했다. 그때 그 친구들을 만나면 종종 그러고 놀았다.

지금 생각해보니 그때 했던 짓을 통해 배운 것은 말 거는 기술이 아니라 거절에 익숙해지는 법이었던 것 같다. 말을 못해서 여자에게 말 걸지 못하는 게 아니고 거절이 두려워 말을 걸 시도를 못하는 게 더 크다는 의미이다. 그 후로 군대를 다녀오고 성격이 많이 바뀌었다. 예전보다 훨씬 뻔뻔해졌다. 일화를 하나 얘기하자면, 나는 지하철을 타고 어디를 향해 가던 중이었는데 옆 좌석에 앉은 여자가 "껌 먹을래?"하고 말을 걸어 와서 쳐다보니 당연하게도 나한테 한 말이 아니라 그 옆의 친구한테 한 말이었다. 예전 같았으면 민망해서 얼른 다른 곳으로 시선을 돌렸을 텐데 그때는 민망함을 정면 돌파하고 싶었는지 "저도요"하면서 그 여자에게 손을 내밀었다. 그 여자는 나를 한번 쓱 쳐다보고는 껌을 하나 내주었다. 나는 "고맙습니다"하고 아무렇지 않게 껌을 받아 씹었다. 지금은 하라고 해도 절대 못할 행동이다. 친구들에게 무용담 비슷하게 해줄 에피소드를 만드는 데 혈안이 되어 있던 때였기에 가능했던 일이었다.

사실 거절당할 것을 두려워하지 말라는 취지의 글을 쓰려고 했다. 그런데 거절당하는 것을 두려워하지 않고 무작정 밀어붙이는 상대를 만나면 당사자는 얼마나 당황스러울지 거꾸로 생각해보았다. 요즘은 거절당하는 것을 두려워하는 사람보다 오히려 거절을 잘 못하는 사람이 더 많은 것 같다. 나 또한 그랬었고. 심리학계에서는 '착한 아이 콤플렉스'라고 부르는데, 자신의 부정적인 생각을 감추고 타인의 기대에 순응하는, 마치 부모에게 착하다는 칭찬을 받으려는 아이 같은 심리를 말한다. 어릴 때부터 착한 게 미덕이라고 배우며 자라서인지 오랫동안 이 콤플렉스를 벗어나지 못했다. 별로 좋아하지 않는 것도 친구들이 하자고 하면 같이 하고, 다른 걸 먹고 싶어도 이거 먹자고 하면 그러자 했다. 굳이 싫다는 말을 해서 관계가 어색해지는 게 불편했기 때문이다. 그러던 중 대학 때 심리학 수업을 들은 것을 계기로 이 문제에 대해 심각하게 고민해볼 수 있었고, 문제를 인식하고 나니 콤플렉스에서 벗어나는 데도 많은 도움이 되었다. 그 수업의 과제 중 하나는 나를 아는 사람이 나를 어떻게 생각하고 있는지에 대해 제3자를 통해 물어보는 것이었다. 예를 들면 이런 거다.

"야, 너 현석이 알지?"

"응. 알지."

"걔 어떤 거 같아?"

"뭐가?"

"성격이나, 뭐 그런 거."

"걔? 그냥 착해."

친구를 통해 조사해본 바로는 대부분의 지인에게 있어 나는 그냥 착한 애였다. 나는 평생 다른 사람에게 '그냥 착한 사람'으로 인식되는 걸 원하는지 스스로에게 질문해보았고, 내 대답은 '아니오'였다. 아무도 내 진짜 성격이 어떤지 제대로 알지 못했다. 물론 착하기도 하지만 그게 나라는 존재를 표현할 형용사의 전부는 아니었다. 이런 적도 있었다. 과에서 MT를 간 적이 있었는데 대부분이 그때 내가 같이 갔었는지 기억을 하지 못했다. 나는 그들에게 있으나 마나 한 사람이라는 생각에 적잖은 충격을 받았다. 다른 사람들이 기억을 못한다고 꼭 있으나 마나 한 사람이라는 건 아니지만 그때의 나는 그렇게 판단했다.

좋아하던 이성에게 고백했다가 이런 말도 들었다. "넌 착하긴 한데 재미가 없어. 매력도 없는 거 같고." 기억이 가물가물하지만 그 비슷한 이유로 거절당했다. 그 후로 조금씩 다른 사람의 눈치를 보지 않고 내가 원하는 대로 결정하기 시작했다. 내가 진실되게 행동하지 않았기에 아무도 나를 있는 그대로 봐주지 않았다고 생각했기 때문이다. 행동을 바꿔봄으로써 처음 알게 된 사실이 있었다. 나는 생각보다 앞에 나서기를 좋아한다는 것이다. 평소에 앞에 나서는 애들을 보면 나댄다고 비하하면서 싫어했는데 사실은 내가 하고 싶은 걸 그 애가 대신해서 질투가 났던 거였다. 나도 나를 모른다는 말, 인생은 평생 나를 알아가는 과정이라는 말이 격하게 실감 나기 시작했다. 나는 아직도 나를 알아가는 중이다.

상대가 나에게 원하는 바가 있어 부탁을 했다. 하지만 내가 별로 하고 싶지 않은 일이라 거절을 했다. 단순하다. 거절했다고 해서 미안할 일도 아니고 거절을 당했다고 해서 미워할 일도 아니다. 거절하는 것은 자기주도적 삶을 살겠다는 다짐이다. 남이 원하는 대로 사는 게 아니라 내가 원하는 대로 살아야 내가 어떤 사람인지 나도 알고 상대방도 알게 된다. 주변에 나를 제대로 아는 사람이 몇이나 될까 생각해보길 바란다. 거의 없다면 그건 사람들에게 당신을 제대로 보여주지 않았기 때문 아닐까? 마지막으로 착한 아이였던 나를 당당한 어른이 되게 한 책의 한 구절을 소개한다.

"넌 착한 아이 콤플렉스구나?"

"그게 뭔데?"

"누구에게나 사랑받고 칭찬받고 싶고 아무에게나 미움받거나 비난받고 싶지 않은 거."

"생각해보면 그런 것도 같다."

"넌 그냥 너야. 누가 널 사랑하지 않는대도 널 미워한대도 어쩔 수 없어. 그건 그 사람 사정이고 넌 그냥 너일 뿐이니까. 너무 힘들어하지 마."

-《어느 특별했던 하루》, 한혜연

거절하는 것을
두려워할 필요도,
절대
미안할 필요도 없다.

싫은 부탁은 설명, 변명 다 자르고

난호하게 서설해야 나시는 하시 않으리라.

언감생심

焉敢生心

전혀 그런 마음이 없었음을 이르는 말.

웃자고 한 말에 초상난다

사람은 대부분 눈에 보이는 것에 집중한다. 눈에 보이지 않는 것은 표면에 드러나지도 않고 수치화할 수도 없기에 믿지 않거나 중요하지 않다고 치부해버리기 일쑤다. 예를 들면 사람의 기분이나 마음 같은 것이다. 열정, 의지, 사랑, 실망, 의심, 질투 등. 이런 눈에 보이지 않는 것들이 삶에 얼마나 큰 관여를 하는지는 굳이 설명하지 않아도 모두 알고 있을 것이다.

눈에 보이는 것은 눈에 보이는 것에 의해 상처받고, 눈에 보이지 않는 것은 눈에 보이지 않는 것에 의해 다친다. 외상보다 내상이 치명적인 것처럼 눈에 보이지 않는 것들이 한번 다치면 회복되기가 쉽지 않다. 사람을 가장 쉽게, 가장 크게 다치게 하는 것은 바로 사람의 말일 것이다. ㄱ 어떤 무기도 말의 공격력을 따라올 수 없다. 내가 어떤 짓을 해도 내 편을 들어줄 친구를 떠올려보자. 당장 그 친구와 원수지간이 돼야 한다

95

고 가정했을 때 관계를 틀어지게 만들 정도로 큰 상처를 줄 수 있는 방법은 뭐가 있을까? 주먹질이나 발길질 같은 육체적인 폭력? 아니다. 바로 말 한마디다.

입에 담을 수도 없는 욕 한마디면 평생 친구가 단번에 원수가 되기도 한다. 실로 무서운 무기다. 좋게 쓰면 이처럼 좋은 무기도 없지만 나쁘게 쓰면 사람을 손쉽게 파멸로 몰아갈 수 있다. 이렇게 취급에 신중한 주의가 필요한 무기를 우리는 모두 가지고 있고 또 경솔하게 사용한다. 말이 사람을 상처 입히는 무기가 될 수 있다고 인지하는 사람은 많아도 정작 조심히 쓰는 사람은 그리 많지 않은 것 같다. 일단 나부터가 그렇다. 말 한마디 잘못해서 후회한 적이 한두 번이 아니다. 한동안 반성하다 어느새 잊어버리고 똑같은 실수를 반복한다. 같은 실수를 반복하는 건 실수가 아니라 습관이라고 하던데 고치지 못하고 있으니 큰일이다.

모두가 언어폭력 또한 신체 폭력처럼 나쁘다는 것을 인식하고 있다. 실제로도 위법행위다. 우리나라에서 언어폭력이 가장 많이 행해지고 있는 곳은 어딜까? 익명성이 있는 인터넷과 게임은 제외하겠다. 아마 여자라면 학교나 회사, 혹은 가정을 꼽을 수도 있겠지만 남자라면 누구도 이견 없이 군대를 꼽을 것이다. 군대에서는 어디서도 듣지 못했던 창의적인 폭언과 평생 들을 양의 욕을 각 지방 사투리로 다양하게 들을 수 있다. 그래서 폭언을 해온 선임이 제대할 때 그의 귀에다 대고 조용히 한마디 한다. "길거리에서 나 마주치지 마쇼." 이 말은 협박이 아닌 경고인 경우가 많다. 진짜 마주치면 그 사람을 내가 어떻게 할지 모를 정도로 큰 상처를 받았음을 피력하는 것이다. 그래서 군대 모임 때 그런 선임들은 절대 참석하지 않는다. 지금 군대에서는 많이 사라졌다고 하니 정말 다행이다. 회사에서는 어떤가? 언어폭력도 폭력이기에 당연히 강자가 약자에게 행한다. 상사는 부하가 오랜 시간 힘들게 고생해서 만들고 쌓아온 자존감을 말 한마디로 무너뜨린다.

모두가 집에서는 귀하디 귀한 아들, 딸인데 자기가 키우지도 않았으면서 이 새끼, 저 새끼 한다. 사람들은 절이 싫으면 중이 떠나야 한다는 표현을 자주하지만, 실상을 보면 대부분 절이 싫어서가 아니라 내 위에 있는 중이 싫어서 나간다. 회사원들의 경우 진짜 마음 같아선 회사 문을 박차고 나가고 싶지만, 매달 고정적으로 나가는 비용이 발목을 잡고, 풀리지 않는 취업난이 손목을 잡는다. 사내에서 많이들 시행하고 있는 성폭력 교육처럼 언어폭력도 주기적으로 교육하고 그와 동등한 처벌을 내려야 한다고 생각한다. 일하기 좋은 곳으로 좋은 인재가 모이는 건 당연한 일이 아닌가. 말을 많이 하면 그만큼 말실수도 많이 하게 된다. 그래서 말을 많이 하는 방송인들이 잘못된 발언으로 방송을 하차하는 일이 잦다. 물의를 일으켜 방송을 하차한 이유 중 첫 번째가 음주운전, 두 번째가 실언이 아닐까 싶다.

나도 말을 거칠거나 직설적으로 해서 상대에게 상처를 준 적이 많다. 순전히 웃기기 위해 농담으로 했던 말이 때론 상대에게 상처가 되기도 한다. 말을 하는 사람은 기분 상하라고 한 말이 아니기에 괜찮다고 생각했을지 몰라도 듣는 사람은 다르게 받아들이는 경우도 많았다. 그럴 경우 바로 사과를 했지만 아직도 내가 모르는, 나의 말로 상처를 받은 사람들이 있었을 것이다. 이 자리를 빌려 사과하고 싶다. "저의 짧은 생각으로 상처를 주어서 미안합니다." 사람은 누구나 실수를 한다. 실수를 너그러이 이해하고 넘어가주는 건 상대방의 몫이다. 상대방이 너그럽게 받아주지 않았다고 해도 못마땅하게 여길 일은 아니다. 의도는 그렇지 않더라도 결과가 좋지 않았을 때 보통 실수라고 말한다. 당한 사람에겐 의도가 그다지 중요하진 않다. 좋은 의도였더라도 실수로 상처를 주었다면 잘못한 일이다. 그것이 법적 표현으로 과실치상이다. 상대에게 이해심이 부족하다거나 속이 좁다며 폄하할 일이 아니다. 말에는 항상 오해의 소지가 따른다. 말투나 표정, 뉘앙스, 제스처, 상황, 타이밍 등 말 이외에도 오해할 주변 요소들이 많다. 나쁜 말은 합병증이 많은 무서운 질환과도 같다.

언어란 언제나 너무 노골적이라서,

그런 희미한 빛의 소중함을 모두 지워버린다.

- 《키친》, 요시모토 바나나

상황이나 여건에 따라서는 글이 말보다 더 위험하다. 말보다 생각할 시간이 더 많고, 수정도 가능하지만 너무 노골적이다. 옆에서 오해하지 않도록 받쳐주는 요소가 전혀 없다. 고작 이모티콘이나 'ㅋㅋㅋ'와 같은 초성체 정도가 전부다. 반어법으로 글을 썼을 때 상대가 반어법이라는 걸 알아채지 못했다면 전혀 다른 뜻으로 이해할 것이다. 오로지 글에 담긴 뜻으로 상대의 의도를 파악해야 하기 때문에 말보다도 오해의 소지가 다분하다. 그래서 연인과 싸울 때는 꼭 얼굴을 마주 보고 해야 한다. 카카오톡이나 문자가 빠르고 편하긴 하겠지만 사람마다 생각하기 나름이라 상대가 잘못 받아들이면 돌이킬 수 없는 상황으로 치닫는다. 글로 싸웠다가 낭패를 본 커플은 이해할 것이다. 감정을 표현하는 데에 제일 쉬운 게 언어다. 제스처와 같은 신체적 언어의 경우 감정을 담기가 쉽지 않지만 그만큼 더 진실하게 느껴지기도 한다. 그래서 많은 연인이 상대의 말보다 행동을 더 좋아하는 걸지도 모르겠다.

언어적 표현보다 오해의 소지가 적으면서 신체적 표현에 더 노력이

깃든 것 같기 때문일 것이다. 말없이 무심하게 건네는 캔 커피 하나에 사르르 녹는 여자의 마음을 표현한 광고는 많은 사람의 공감을 얻었다. 광고 일을 하면서 사람들의 인사이트^{문제를 이상적인 형태로 해결할 수 있는 단서}를 찾아 공감대를 형성하는 걸 주로 했는데 어찌 보면 별거 없었다. D사의 광고 중 아래와 같은 카피가 있었다.

'좋아하는 것을 해줄 때보다 싫어하는 것을 하지 않을 때 신뢰를 얻을 수 있습니다.'

내가 싫으면 상대도 싫은 거다. 내가 싫어하는 행동만 하지 않아도 점수 깎일 일은 현저히 적어진다. 내가 이렇게 쓰는 글의 반만이라도 행동한다면 나도 멋진 남자가 될 텐데…. 역시 행동은 쉽지 않다. 나이 먹을수록 문자적 위선자가 되어 가는 듯하지만, 가장 큰 문제는 문제를 깨닫지 못하는 것이라고 하지 않는가. 이제부터라도 자신의 문제를 인식하고 고쳐 가면 된다. 이렇게 할 일이 점점 쌓인다. 그래도 남이 내준 숙제가 아닌 스스로 낸 숙제라 다행이긴 하다.

언어에는
감정이 실리기에
생각 없이 뱉으면
심각한 오해를 만든다.

감히 그런 생각을 하지 않았더라도 상대가 받아들이기

나름이니 일단 뱉으면 되돌릴 수 없음이라.

온고지신
溫故知新

옛것을 익히고 그것을 미루어서 새것을 앎.

때로는 불편한 게 오래 가더라

현대인이 가장 불안해하는 상황은 어떤 것일까? 급하게 배가 아픈 상황? 그건 다급한 상황이지 불안한 상황은 아니다. 출근을 목전에 둔 일요일 밤? 그것도 월요일에 출근하기가 싫은 것일 뿐 불안한 건 아니다. 출근하자마자 상사에게 혼날 상황을 앞두고 있다면 불안할 수도 하겠지만 현대인이 일반적으로 느끼는 불안감이라고 하기는 힘들 것이다. 내 생각에 모두가 공감할 만한 불안한 상황이란 아마 스마트폰의 잔여 배터리가 10% 미만일 때가 아닐까 싶다. 얼마 전 친구를 만났는데 안절부절못하고 있길래 왜 그러냐고 물었더니 어제 스마트폰 충전을 하고 잔 줄 알았는데 오늘 밖에 나와 보니 충전이 안 되어 있다면서 충전을 해야 하니 빨리 아무 카페나 들어가자고 하는 거였다. 어차피 목도 말랐고 얘기도 할 셈이었기에 충선도 할 겸 가페에 들어갔다. 가페에는 손님이 꽤 많았는데 혼자 온 사람도 둘이서 온 사람도 다들 휴대폰을 보거나 꼭 쥐고 있었다. 그들은 대화도 없이 스마트폰으로 게임을 하거나 대화 도중에도 SNS를 하는 것인지 수시로 스마트폰을 들여다봤다. 그 모습이 평소의 나를 보는 거 같아 뜨끔했다. 스마트폰 중독자인 나도 잠시라도 스마트폰을 보지 않으면 금단현상이 나타나는지 불안해서 견딜 수가 없다. 딱히 연락이 올 데도 없으면서 스마트폰을 수시로 켜본다. 그러다 보니 배터리가 금방 동이 나곤 한다. 특히 대중교통을 타고 이동하는 중에 배터리가 없으면 눈을 둘 곳이 없어 무척이나 곤란하다. 오죽하면 카페나 술집에서 휴대폰을 반납하면 서비스를 주거나 가격을 할인해주는 프로모션을 하는 곳이 생겼을까.

나는 고등학생 때 처음 휴대폰이 생겼다. 아버지께서 사용하시던 것을 물려받았었는데, 휴대폰을 학교에 가지고 가면 서로 만져보겠다며 난리가 났었다. 그러다 점점 재미가 시들해져서 나중에는 집에 놔두고 다녔다. 휴대폰을 주머니에 넣으면 걸을 때마다 걸리적거려서 가방에 넣고 다니다 보니 전화가 와도 못 받는 경우가 허다했다. 문자도 집에 가서야 확인했다. 대학에 들어가서도 휴대폰을 거추장스러워하는 건 크게 바뀌지 않았다. 그러다 연애를 시작하면서 휴대폰의 소중함을 깨달았다. 그때부터 휴대폰은 항상 손에 쥐고 다녀야 하는 필수품이 되었다. 전화가 오지 않았는데도 벨 소리의 환청을 듣거나 진동을 느끼는 경우도 있었다. 그렇게 휴대폰의 노예가 되어갔다.

통신의 발달과 스마트폰의 등장, 그리고 SNS의 확산으로 지구 반대편에 있는 사람이 뭐 하고 있는지까지 쉽게 알 수 있는 세상이 되었다. 옛날처럼 편지나 엽서를 쓸 필요도 없고 비싼 국제전화가 아니어도 목소리를 들을 수 있다. 아날로그 통신 수단이 얼마나 빨리 잊혔는지 심지어 방금 언급한 '엽서'라는 단어가 생각이 안 나서 인터넷으로 한참을 검색해보고서야 알 수 있었다. 아마도 아날로그에 대한 기억을 잇는 뉴런이 끊긴 모양이다. 검색 사이트의 질문 코너를 살펴보니 내공까지 걸고 엽서의 역할이 무엇인지 물어보는 사람도 있었다. 세상 참 좋아졌다는 말을 많이 한다. 맞는 말이다. 불과 10년 전과 비교해 봐도 엄청난 발전이 있었다. 하지만 그건 기술의 발전일 뿐 인간의 삶의 질이 나아진 건 아니라고 생각한다. 오히려 세상은 더 삭막해져 가고 있는 것 같다. 아날로그가 디지털로 대체되면서 감성의 사막화가 진행되었다고 할까.

어릴 적에는 친구네 집 앞에 찾아가 "아무개야 놀~자!" 하고 소리치면 아무개가 나왔었다. 친구와 만나서 실컷 놀다 보면 "아무개야 밥 먹어!" 하며 어머니께서 데리러 오셨다. 참으로 정감 가는 풍경이 아닌가.

길가에 설치된 공중전화에는 으레 몇십 원이 남아 있었다. 다음 사람을 위한 배려다. 예전에 이 풍경에 대해 내가 썼던 시가 있어 옮겨 본다.

눈 오는 날.

가로수 옆 수화기 올려진 공중전화.

목소리가 듣고

차디찬 수화기 귀에 붙이고

손을 호호 불어 가며 다이얼을 누르던 그때.

하고 싶은 말, 듣고 싶은 말은 많은데

동전이 없어 뒤에 사람이 기다린다는 말로

초라함을 숨기고 끊어야 했던 그 기분.

다시는 느낄 수 없겠지.

예전에는 전화번호 30개 정도는 너끈히 외우고 다녔다. 지금은 내 번호 말고는 외우는 번호가 없다. 친구와 만나기로 약속을 하고 밖을 나섰는데 휴대폰이 꺼져서 못 만나고 돌아온 적도 있을 정도다. 기계가 스마트해질수록 사람은 멍청해진다는 말이 맞는 것 같다. 가끔 친구들을 만나면 근황에 대해 할 이야기가 많았는데 요즘은 어디서 뭘 먹고 취미로 뭘 하는지까지 SNS를 통해 이미 알고 있어서 딱히 할 얘기가 없다. 한때 '오빠 믿지'라는 애플리케이션이 있었다. 연인이 지금 어디에 있는지 위치 추적이 가능한 이 애플리케이션은 '커플 브레이커', '족쇄 앱'이라는 별명이 있을 정도로 연인들에게 좋지 않은 파장을 불러일으켰다. 이 애플리케이션을 만든 회사의 대표와 개발자는 방통위 미신고와 동의 없이 위치정보를 제공한 혐의로 결국 입건되었다. 기술의 발달이 이렇게 무섭다.

물론 좋은 점도 많다. SNS를 통해서 나의 일과 관련 없는 분야의 새로운 친구들을 사귈 수도 있다. 실제로 나도 그렇게 알게 된 친구들이 많다. 정확하게 말하자면 지인이라는 표현이 맞을 것 같다. 그들과 온라인으로 안부도 묻고 생일도 축하해주며 소통을 하고 있지만 한 번도 얼굴을 마주 보고 대화한 적 없는 사람들이 대부분이다. 잘 알지 못하는 사람들의 일상을 엿보는 일도 나름 재밌다. 누구나 조금씩은 관음증이 있는 것 같다. 하지만 이런 지인이 수만 명이 있다 한들 무슨 소용이 있냐며 허무한 디지털 인간관계에 신물이 나 SNS를 그만두는 사람들도 많아졌다. 맞는 말이다. 허무하다. 그래도 아직 나는 긍정적으로 생각한다. 내 글을 읽어주고 응원해주시는 고마운 사람들도 많기 때문이다. 게다가 디지털로 시작해 아날로그 친구가 된 사람들도 있다. 오프라인에서 만나 형, 누나, 동생으로 친해져서 몇 년이 지난 지금도 서로 챙겨주며 모임도 자주 갖고 여행두 같이 다닌다. 저커버그에게 고마워할 일이다.

예전 광고회사에서 같이 인턴을 했던 동료들이 있다. 누구의 생일이면 매번 모여서 작더라도 선물을 주고받았다. 서로 생일을 기억해주고 취향을 고려해 선물을 준비하는 일이 참 뜻깊고 행복했다. 지금은 다들 바빠져서 온라인으로만 겨우 축하를 해주고 있다. 오프라인 친구들이 온라인 지인으로 전락되는 사회가 슬프고 안타깝다. 온라인은 참 많은 걸 간편하게 해줬지만 사람 사이에서의 간편함은 언젠가 불편함이 될 수 있다. 스마트폰으로 간편하게 소통하기보다 약간 불편하더라도 억지로 시간을 내서 얼굴을 보고 소통하는 게 기억도, 관계도 오래가는 비결이지 않을까 싶다.

온라인으로
고착된 관계는 겨우
지인
신세를 못 벗어난다.

사람과의 관계는 새 것을 따르기보다

옛 것에서 배우는 섯이 바람직할지어다.

사고무친

四顧無親

의지할 만한 사람이 도무지 없다는 말.

오래 묵었다고 다 좋은 술은 아니듯…

어릴 적 친구가 진짜 친구라는 말이 있다. 나도 학창 시절에는 그런 줄 알았다. 조건 없이 만나서 자연스럽게 사귀게 되었으니까. 하지만 그 생각은 크면서 바뀌었다. 성인이 되었다고 해서 조건을 따져 가며 억지로 친구를 사귀지는 않는다. 오랫동안 함께 쌓아온 추억이 많진 않지만 일이나 취미를 통해 만난 사람들이다 보니 오히려 학창 시절 친구들보다 더 자주 만나게 된다.

그래도 어릴 적 친구들에겐 각별한 점이 있다. 몇 년 만에 연락해도 마치 어제 만나고 또 만나는 것처럼 스스럼이 없다는 점이다. 오랜만에 만났다고 그다지 반가워하지도 않지만, 전혀 어색하지도 않다. 언제나 그랬던 것처럼 자연스럽다. 그게 편하고 좋다. 나이를 먹어 주름도 늘고 흰머리도 생겼지만 만나면 어릴 때 그대로 서로를 놀리고 장난치면서 마냥 낄낄거린다. 이렇게 유치하고 철없는 놈들이 어떻게 한 아내의

남편이 되고 집안의 가장이 되었는지 놀라울 따름이다. 우리들 눈에는 아직도 서로가 까까머리 중학생으로만 보이지만 녀석들도 제법 철이 들어서 이제 모험이나 무모한 짓은 하지 않는다. 예를 들면 아내의 말을 거역하거나 무시하는 짓 말이다. 아내에게 11시까지 자유시간을 허락을 받았다면 10시부터 수시로 휴대폰을 보며 안절부절못한다. 집까지 걸어서 10분 거리에 있는 술집에 있으면서도 30분 전에 일어나 집으로 향한다. 그럴 때 한편으로는 안쓰러우면서도 '자식, 다 컸다'는 생각이 든다.

오래 알고 지낸 사이라고 해도 연락 한번 없다가 경조사 때나 겨우 얼굴을 보는 친구가 있는 반면, 아무 일이 없어도 한 달에 한두 번씩 꼬박꼬박 안부를 물어오는 친구가 있다. 굳이 따지자면 나는 무심하게도 전자에 더 가깝다. 친구들에게 연락을 자주 하는 편이 못 된다. 용건이 있을 때나 연락하고 평소에는 어련히 잘 지내겠지 하고 무소식이 희소식이라는 평계를 대며 연락을 하지 않는다. 가끔이라도 친구에게 안부 전화가 오면 그렇게 반갑고 고마울 수가 없다. 그런 고마움을 알면서도 내 쪽에서 먼저 연락할 생각을 하지 못하는 점은 반성할 부분이다.

한결같은 친구가 좋긴 하지만 너무 한결같아서 지긋지긋한 친구도 있다. 특히 술 마시고 싶을 때만 연락을 해오는 친구가 그렇다. 평소에 다른 이유로 연락하는 경우는 거의 없다. 연락이 오면 십중팔구는 술 때문이다. 레퍼토리도 똑같다. 대뜸 "몇 시에 끝나냐? 술 먹자." 용건이 간단명료하다. 나의 대답도 간단하다. 시간이 허락하면 "몇 시에 어디서? 그때 보자." 시간이 허락하지 않는다면 "선약이 있다. 다음에 보자." 그러면 그 친구는 서운해하지도 않고 바로 다른 친구들에게 연락을 돌린다. 딱히 할 말이 있어서 만나는 게 아니라 술을 마시기 위해 만나는 거라 대화에 정해진 주제도 없다. 연예인 얘기부터 정치인, 회사 상사에 대한 험담 등 영양가 없는 대화가 주를 이룬다. 소재가 떨어져 대화가 끊기면 "마셔"로 겨우 대화를 잇는다. 주변에 이런 친구가 있다면 잦은 만남은 자제하는 것이 당신의 간 건강과 지갑 사정에 도움이 될 것이다.

그래도 술 먹자고 연락하는 친구는 양반이다. 가장 짜증 나는 친구는 늦은 밤 술 마시고 전화하는 친구다. 평소에는 연락도 안 하다가 진탕 술을 마신 날에만 전화한다. 더 괘씸한 건 술은 다른 사람이랑 마시고 고민 상담만 나에게 한다는 것이다. 대부분이 사랑 고민이다. 처음에는 얼마나 고민이 깊었으면 이 새벽까지 술을 마시고 내게 전화를 다 했을까 싶어 몇 차례 성심성의껏 들어주고 대답해줬지만, 알고 보니 진짜로 고민이 깊은 게 아니라 단순히 술버릇이었다. 다음날 물어보면 전화한 것조차 기억하지 못했다. 어제까지만 해도 여자 친구와 도저히 못 만나겠다느니, 당장 헤어지느니 마느니 질질 짜더니 다음날 전화해보면 통화는 되지 않고 여자 친구와 영화를 보는 중이라는 문자만 달랑 온다. 그야말로 '맷돌 손잡이가 빠진' 상황이다. 단순한 술주정에 밤잠을 설쳐가며 같이 고민한 자신에게 자괴감이 든다.

친구나 연인이나 모두 사귄다는 말을 쓰지만 친구를 사귀는 것과 연인을 사귀는 것은 엄연히 다르다. 연인을 사귈 때는 서로 간에 합의가 필수다. '나랑 사귈래? 아니, 싫어.' 이러면 끝이다. 혼자서는 사귈 수가 없다. '나랑 사귈래? 그래, 좋아.' 이렇게 쌍방의 합의가 이루어지면 그 날부터 1일이라는 정확한 카운트가 시작된다. 친구를 사귐에서는 특별한 합의가 동반되지 않는다. 우연히 알게 되어 통성명하고 지내다가 가까워지고 자주 만나다 보면 어느새 친구가 되어 있다. 언제부터, 어떻게 친해졌는지 기억도 가물가물하다. 알게 된 대략적인 연도만 유추할 뿐이다.

물론 예외적으로 우리 오늘부터 친구 하자고 말하는 사람들도 있긴 하다. 90년대 하이틴 드라마에서나 볼 듯한 대사지만 실제로 저런 식으로 친구를 사귄 적이 있었다. 그 사람은 나를 처음 본 날 "나, 네가 마음에 든다. 오늘부터 우리 친구 하자"며 호기롭게 악수를 제안했고, 나는 거절하지 못하고 손을 잡았다. 그 후 그 친구는 불편할 정도로 자주 만나자는 연락을 해왔고, 달리 거절할 방도가 없을 때는 가끔 만나서 술도 들이켰다. 만나다 보니 그 친구가 나와 친하게 지내려 한 것에는 다른 목적이 있음을 알게 되었고, 그 후로 나는 점점 그 친구를 멀리 하게 되었다. 나중에 알았지만 내 주변 사람들도 나와 비슷한 이유로 그를 멀리 하고 있었다.

단지 친구라는 이유 때문에 연락하는 게 내키지 않는 사람이나 만남이 불편한 사람과의 관계를 억지로 유지할 필요는 없다. 어릴 때 친해져 오래 사귄 친구라도 마찬가지다. 시기, 질투가 아니고서 그 사람이 싫어졌다면 분명 이유가 있을 것이다. 친구 간에도 궁합은 존재한다. 주는 것 없이 미운 친구도 있다. 그래서 만나면 항상 장난 반 진심 반으로 티격태격하고 서로 마음 상하는 이야기까지 오고 간다면 그 친구와 당신은 궁합이 좋지 않은 것이다. 적절한 선에서 거리를 두고 서서히 멀어지는 게 서로에게 좋다. 연인은 서로 간의 합의가 필수이므로 만남과 헤어짐이 똑 부러지게 존재하지만 친구 사이는 사귐에 사전 합의가 없기 때문에 시작과 끝 또한 모호하다. 대신 친해짐과 멀어짐이 있다. 절교나 의절이라는 단어로 관계를 한 번에 싹둑 자르는 사람도 있지만 나는 아직까지 그 단어를 사용해보지 않았다. 자연스레 멀어졌든 의도적으로 멀어졌든 점차적으로 연락이 소원해지는 방향으로 관계를 정리했다. 깔끔하지는 않지만 서로 마음 상하지 않을 수 있는 방법이다.

마음을 터놓고 이야기할 수 있는 친구가 한 명만 있어도 성공한 삶이라고 했다. 휴대폰 속의 수많은 연락처 중에 정말 나를 걱정해주고 응원해주는 친구는 몇이나 될까? 내 글과 사진에 '좋아요'를 눌러주는 SNS 친구 만 명보다 "얼굴을 보니 좋다"고 말해주는 친구 한 명이 인생에서 더 소중하다. 미니멀리즘이 유행하는 시대에 인맥도 간소하게 정리할 필요가 있다. 인맥에도 든든하고 힘이 되는 금맥이 있고 사람을 피곤하게 하는 수맥이 있다. 옥석 가리듯 잘 가려서 소중한 시간을 피곤한 친구 때문에 헛되이 낭비하지 말고, 좋은 친구와 두고두고 웃으며 곱씹을 수 있는 추억을 쌓는 데 사용하길 바란다. 또한 나는 누군가에게 금맥일 것인지 아니면 수맥일 것인지도 고민해보자.

사랑
고민 있을 때만 연락하는
무늬만
친구인 사람의 전화번호는
지워버려도 괜찮다.

무늬만 친구 열 명보다 가족 못지않게 의지할 수 있는

알짜배기 친구 하나만 있어도 참으로 든든한 인생일지어다.

3장 짧은 인생,
하고 싶은 일을 하자

일취월장

日就月將

학업이 날이 가고 달이 갈수록 진보함을 이르는 말.

어느 무명 카피라이터의 고백

당신의 취미는 무엇인가? 게임? 노래? 영화감상? 독서? 취미는 사치가 되어버린 시대에 살고 있지만 적어도 킬링타임용으로 하는 일은 있기 마련이다. 만약 그조차도 허락된 시간이 없다면 지금 당신은 누구의 인생을 살고 있는지 생각해볼 일이다. 취미의 사전적 의미를 찾아보면 '전문적으로 하는 것이 아니라 즐기기 위하여 하는 일'이라고 나와 있다. 마치 전문적으로 하는 일은 즐기기 힘들다는 뜻이 담겨 있는 듯하다.

게임을 좋아하는 사람이 프로게이머가 되면 좋아하는 일을 하면서 돈도 벌 수 있어 일거양득일까? 10여 년 전 프로게이머의 탄생은 많은 학생에게 게임의 정당성과 장래희망을 부여했다. 하지만 프로게이머의 직업 수명은 매우 짧고 스트레스 또한 방송 프로듀서와 외환딜러 못지 않게 매우 높다고 한다.

노래를 좋아하는 사람이 가수가 되었다면 좋아하는 노래를 실컷 부를 수 있어서 행복할까? 물론 그럴 수도 있겠다. 먹고살 정도의 벌이가 된다면 말이다. 내가 좋아하는 한 싱어송라이터인 동생은 술자리에서 "누가 나한테 매달 100만 원씩만 갖다 주면 평생 행복하게 노래하며 살 텐데."라고 말했다.

그의 말은 공중을 횡 돌아 안주나 씹으며 삶에 안주하고 있던 내 뒤통수를 빡! 하고 때렸다. 그 말은 내가 행복이라는 단어를 정의하고 추구하는 데에 큰 영향을 주었다. 하고 싶은 일과 해야 하는 일, 좋아하는 일과 잘하는 일. 늘 고민이던 부분의 실마리를 찾았다. 좋아하는 것을 업으로 삼는 것은 참 멋진 일이다. 하지만 스트레스를 풀어주던 그 일이 스트레스를 더하는 일로 바뀔 수도 있다.

글 쓰는 것을 좋아하던 아이가 개발자를 거쳐 그리도 되기 원하던 카피라이터가 되었다. 그는 지금 행복할까? 그 대답은 몇 년 전 겨울에 썼던 푸념 글로 대신하려 한다.

어릴 적 내게 글을 쓴다는 것은
내 생각을 글로 표현하는 것.
하얀 바탕에 검은 글을 새기는 것.
그 이상의 무언가가 있었다.

마치 밤새 눈이 내려와 소복이 덮인 하얀 마당에

첫 발자국을 찍는 것처럼 설레고 재미있는 일이었다.

아무도 봐주지 않아도 혼자만의 즐거움이 있었다.

즐거움을 누리기엔 온전히 나 혼자서도 충분했다.

카피라이터라는 직업으로 일하다 보니

언제인가부터 이렇게 그냥 쓰는 잡글에조차

읽는 사람을 생각하게 되었다.

아무에게도 보여주지 않아도

혼자만의 보물처럼 든든하고 즐거웠는데,

이제는 사람들에게 보이고 평가받아야 한다는 강박이 생겼다.

제일 좋아하는 것은 취미로 놔두고

두 번째로 좋아하는 일을 업으로 삼으라던

어릴 적 선생님의 말씀이

이제 와 기억의 실타래에서 녹아 온몸으로 퍼진다.

내가 제일 좋아하는 일은 글을 쓰는 것이었지 카피를 쓰는 것이 아님을 진작 알았지만 불확실한 미래가 두려웠기 때문에 여태껏 모른 척하고 지냈다. 그러는 동안 내 인생에서 '나'라는 주인공이 어느 순간부터 조연으로, 단역으로, 엑스트라로 점점 밀려나는 기분이 들었다. 누군가가 말했다. 이 세상에서 자기가 하고 싶은 거 다 하고 사는 사람이 얼마나 되겠느냐고. 나는 말하고 싶다. 대부분의 사람이 하고 싶은 걸 못하고 해야만 하는 걸 하면서 사니까 나만이라도 하고 싶은 걸 하면서 살고 싶다고. 대부분이 하지 못하는 걸 꿋꿋하게 해내는 '일부분'이 되고 싶다고.

그동안 깨닫지 못하고 있었지만 매일 아침 나는 실패를 겪었다. 사무실 건물 입구의 지문인식기가 지문인식을 잘하지 못해 매번 "실패하였습니다"라는 말을 들어야 했다. 그럴 땐 어떻게 해야 할까? 출근을 포기하고 집으로 돌아가야 할까? 모두 알다시피 답은 하나다.

문이 열릴 때까지 시도하는 것. 모든 실패의 해답도 마찬가지다. '성공의 문'이 열릴 때까지 시도하는 것.

부디 당신이 진정으로 하고 싶은 일을 하며 행복한 삶을 살 수 있을 때까지 포기하지 않고 끈기 있게 도전하기를 바란다.

일과
취미가 같아지면
월급이 행복의
장애물이 된다.

목적은 어제와 다를지라도 목표는 매일 한결같을 지어다.

공사다망

公私多忙

마음이 공평하고 사심이 없으며 밝고 큼.

0과 4의 그러데이션

카피라이터가 되기 전 나는 IT 회사에서 프로그래머로 일한 적이 있다. 데이터베이스 관련 자격증이 몇 개 있었지만, 개발은 전혀 할 줄 몰랐다. 기껏해야 웹 개발 쪽의 HTML과 PHP를 조금 다룰 줄 알았을 뿐이다. 하지만 그 정도 알고 있으면 나머지는 일하면서 배우면 된다며 날 흔쾌히 개발자로 뽑아준 회사가 있었다. IT 업계 쪽에서 나름 큰 회사였기 때문에 많이 배우려고 노력했다. 그 회사를 그만둔 후에는 광고계로 넘어왔기 때문에 그때 배웠던 개발 관련 기술은 별 쓸모가 없게 되었지만, 어느 업계에서든 적용할 수 있는 큰 배움을 얻었다. 바로 공과 사는 남녀처럼 유별해야 한다는 것.

IT 회사에 다닐 당시의 내 명함엔 프로그래머라 적혀있었지만, 정작 나는 C언어^{프로그래밍} 언어의 첫걸음인 Printf 구문도 일지 못했다. 입사와 동시에 컴퓨터 학원에 다녔다. C언어 프로그래밍 기초반이었다. 이

해력이 부족해서 같이 배우던 고등학생들에게 알려 달라고 매달렸다. 업무 시간에도 바쁜 선배님들 자리로 가서 모르는 걸 질문하기 일쑤였다. 커피도 타다 드리고, 제대 후 끊었던 담배도 같이 피우러 나가면서 어떻게든 잘 보여야 그나마 조금이라도 알려주곤 했다.

개발팀장님은 PC게임을 좋아하셨는데 어느 날 건담 대전이라는 게임을 팀원들에게 같이 하자고 제안하셨다. 퇴근 후 컴퓨터 학원에 갔다가 집에 도착하면 부랴부랴 그 게임에 접속했다. 상사에게 잘 보여서 다음 날 프로그래밍에 대해 하나라도 더 배우기 위해서 말이다. 늦은 밤부터 새벽녘까지 게임을 하고 잠깐 잤다가 출근을 하면 온종일 피곤했다. 공은 공대로, 사는 사대로 피곤했다. 모르는 게 죄였다.

사회생활을 하다 보면 은근히 공과 사가 겹치게 되는 경우를 많이 보게 된다. 같은 팀에서 사내연애를 하는 사람도 있고, 주말마다 등산을 하러 가자는 상사도 있으며, 가족과 같은 회사에 다니는 사람도 있다. 이렇듯 공과 사의 경계를 허물어뜨리는 일이 사회에서는 비일비재하다.

공과 사의 문제점은 연인들의 입장에서 보면 좀 더 명확하게 보인다. 예를 들어 여자 친구가 술에 취해 남자 동료의 차를 얻어 타고 집에

왔다면? 반대로 남자 친구가 술 취한 여자 후배를 집에 데려다줬다면? 십중팔구는 사랑싸움으로 이어질 위험한 상황이다. 예전엔 매너로 봐줄 수도 있는 행동이었지만, 영화 <봄날은 간다>의 명대사 "라면 먹고 갈래요?" 이후 외간 남자가 여자 집 근처까지 가는 일은 충분히 오해를 불러일으킬 만한 일이 되었다.

공과 사의 경계선은 도대체 어떻게 그어야 할까? 심판이 있어서 선을 넘으면 반칙이라며 휘슬을 불어 경고를 해주면 좋겠지만 그런 심판은 존재하지 않는다.

사회생활을 하다 보면 확실하게 공과 사의 선을 긋는 것이 쉬운 일은 아니다. 그렇다고 해서 선을 긋는 일을 포기하고 공과 사의 경계가 서편 하늘을 노을처럼 그러데이션으로 물들이도록 해서는 절대 안 되겠다. 노을이 지나면 어두운 밤이 오듯 시간이 지나면 당신의 일상도 곧 앞이 보이지 않을 정도로 깜깜해질 것이기 때문이다. 이러지도 저러지도 못하는 막막함은 덤이다. 공과 사의 그러데이션이 아니라 콜라보레이션이라면 나름 괜찮을 것 같기도 하다.

어떤 한 선배는 일이 많아도 절대 일을 집으로 가지고 가지 않는다고 한다. 집은 사적인 공간, 쉼의 공간이므로 '일은 회사에서 하고 집에서는 쉰다'는 원칙을 고수한다고 한다. 어떤 동료는 회사에서 일이 잘 안 풀리면 집에 가서 맥주 한 캔 하면서 일을 하면 술술 잘 풀린다고 한다. 공과 사의 경계선 역시 사람마다 다르다.

공적인 일 때문에 사적인 일이 피해를 보지 않는 선.
사적인 일 때문에 공적인 일이 피해를 보지 않는 선.
그 피해의 선은 각자의 주관대로 결정해야 한다.

공과
사를 구분하지 못하면
둘 다
망한다.

짧은 인생, 여기저기에 엮이고 휩쓸리며 살지 말지어다.

아전인수

我田引水

자기의 이익을 먼저 생각하고 행동함.

실패가 두려울 때 실행하게 하는 주문

내가 좋아하면서도 두려워하는 것이 글쓰기다. 글을 쓰기 전에 '쓰고 싶다'는 마음이 들면 글이 재미있게 술술 잘 써지면 글쓰기가 좋아진다. '써야 한다'는 마음이 들면 쓰다가도 막히게 되고 자꾸 딴짓을 하게 되면서 글쓰는 것이 두려워진다. 글의 완성도가 높아 누군가에게 얼른 보여주고 싶으면 글쓰기가 좋아진다. 쓴 글에 자신이 없어서 글을 숨기고 싶으면 글쓰기가 두려워진다. 글을 쓸 때마다 좋다와 두렵다를 왔다 갔다 한다. 좋을 때보다 두려울 때가 훨씬 많았다. 그래서 글쓰기가 꺼려질 때도 있었다. 그럴 때는 부담을 가지지 않고 가벼운 마음으로 시작하면 그나마 쓰기가 수월했다. 수많은 자기계발서나 동기부여 영상을 보면 말하고자 하는 바가 똑같다. 그들은 걱정만 하지 말고, 불안에 떨지만 말고, 일단 시도하라는 메시지를 전하고 있다. 글쓰기 관련 책도 대부분 두려워 말고 일단 쓰라는 것으로 귀결된다. 그만큼 실행이 제일 어렵다는 말이다.

무엇을 하려고 할 때마다 멈칫하거나 고민하는 이유는 무얼까? 아마 결과에 대한 걱정 때문일 것이다. 다들 한 번씩은 해봤을 짝사랑을 예로 들어보자. 보자마자 한눈에, 또는 어떤 계기로 갑자기, 나도 모르게 서서히. 좋아하게 된 방식은 각자 다르겠지만 좋아하는 사람에게 고백하기가 쉽지 않은 것은 누구나 마찬가지다. 내 마음을 보여주는 것이 창피하기도 하고 상대방의 거절이 두렵기도 할 것이다. 고백하는 것은 내 몫이지만 선택은 오롯이 상대방의 몫이다. 어차피 내가 어쩌지 못하는 것을 걱정해봐야 시간 낭비일 뿐. 오히려 누가 채가기 전에 빨리 고백하는 게 현명한 방법이다.

취업할 때도 그렇다. 예전에 한 친구가 취업을 못해서 고민이 많았다. 그 친구는 여러 곳에 지원했지만 매번 서류 심사에서 탈락하는 바람에 점점 자신감을 잃어갔다. 마침 이름이 어느 정도 알려진 회사에서 공개채용을 한다는 소식을 듣고 친구에게 알려주었다. 친구는 어차피 지원해봤자 안될 테니 입사 지원 서류조차 넣지 않겠다고 했다. 그 회사보다 작은 회사에 지원했다가도 1차에서 떨어졌는데 더 큰 회사가 자신을 뽑을 리 없다는 것이었다. 거듭된 실패로 인해 자신감이 바닥에 떨어져 있었다. 나는 그 친구에게 술을 사주며 설득했다.

"지원하지 않으면 입사할 확률이 0%지만 지원하면 입사할 확률이 50%야. 50%면 엄청 높은 확률이잖아. 일단 지원해봐. 밑져야 본전이지. 누가 알아? 합격할지. 이메일 보내는 데 돈 드는 것도 아닌데 무조건 넣어야지."

친구는 결국 그 회사에 결국 떨어지긴 했지만, 임원면접까지 감으로써 자신의 자기소개서와 이력서가 나쁘지 않다는 자신감을 얻었고 곧 괜찮은 회사에 입사했다. 덕분에 술을 거나하게 얻어 마셨다.

내가 회사에 입사해서 가장 두려웠던 시간은 회의 시간이었다. 어렵게 준비한 아이디어를 다른 사람들에게 내보이는 시간. 짧게는 몇 시간 동안, 길게는 몇 주 동안 고민해서 다듬은 아이디어의 생사가 팀장의 말 한마디에 갈렸다. 뻔하거나 너무 어렵거나 혹은 재미가 없거나. 다양한 이유로 아이디어를 담은 종이는 이면지가 되어 갔다. 쓸 만한 아이디어 하나 없다는 평을 들은 날에는 모든 의욕이 사라져서 밥도 먹기 싫고 잠도 오지 않았다. 다음날 회의시간이 점점 다가오는 게 두려울 뿐이었다. 그럴수록 머리는 굳고 걱정만 앞섰다. 불안함에 화장실과 흡연실만 들락거렸다. 흡연실에서 만난 다른 팀 선배가 초조해하는 나를 보더니 웃으며 물었다.

"야. 잘 안 되냐?"

"네. 죽겠어요."

"그럴 때일수록 너무 고민하지 마. 아이디어가 산으로 간다."

"어떻게 고민을 안 해요? 이번에도 까이면 저 X 돼요."

"쫄지 마, 인마. 안 잘려. 무조건 자신 있게 까. 아니면 마는 거지, 뭐. 데드라인이 언젠데?"

"다음 주요."

"어차피 다음 주까지는 그 지랄 계속해야겠네. 기똥찬 아이디어 나왔다고 거기서 끝내는 거 봤냐? 데드라인 남았는데?"

맞는 말이다. 광고회사는 좋은 아이디어가 나왔다 해도 그걸로 회의를 끝내지 않는다. 일단 그 아이디어는 'keep'하고 회의를 계속한다. 더 좋은 아이디어가 나올 수도 있으니까. 이 고통 가득한 릴레이 회의는 데드라인으로 인해 끝난다. 결국 그동안 우리가 낸 무수한 아이디어 중에서 하나가 선택되고 광고로 만들어진다. 그렇게 생각하니 마음이 편해졌다. 막혔던 생각이 뚫리고 굳었던 머리가 슬슬 돌아가는 느낌이 들었다. 어차피 아이디어 회의는 계속된다. 회의 중에 내 아이디어가 선택되면 좋고, 아니면 말고.

고백할 때도, 취업할 때도, 아이디어 회의를 할 때도 도움되는 것이 바로 '아님 말고 정신'이다. 일단 해보는 거다. 잘되면 좋고 안되면 말고. 이 정신으로 무장하면 실행하는 데 큰 힘이 된다. 면접이나 연애, 그리고 아이디어 평가에 잘하고 못하고, 맞고 틀리고가 있을 리 없다. 단순히 취향의 차이일 뿐이다. 개인의 취향은 존중해주어야 한다. 싫음 말고. 그거면 된다. 꼭 그 회사여야만 하고 그 사람이어야만 하고 그 아이디어여야만 하는 것은 아니다. 다른 회사, 다른 사람, 다른 아이디어를 찾으면 된다. 일단 해보고 아님 말고. 그래야 도전하는 데 불안하지 않고 시도했기에 후회도 남지 않으며, 정신건강에도 좋다. 아님 말고는 무책임함이 아니라 대범함이다. 행동의 결과가 좋지 않더라도 크게 연연하지 않겠다는 의지며, 그래도 다시 도전하겠다는 굳건함이다.

아님 말고 정신도 조심해야 할 것이 있다. 아님 말고는 말이 아니라 행동으로 해야 한다. 일단 해보고 잘되면 좋고 안되면 어쩔 수 없는 것이 아님 말고 정신이지 말해놓고 아니면 말고는 루머를 퍼트리는 것에 불과하다.

아님 말고를 해서는 안 되는 사람들도 있다. 정확한 정보를 전달해야 하는 언론인과 사람들을 가르치는 선생님들이다. 요즘 기자들은 사실 관계보다 화제성에 더 주목하는 듯하다. 일단 추측으로 기사를 쓰고 후에 추측이 틀렸음이 판명되어도 정정 보도조차 제대로 내보내지 않는다. 자기 친구인지 얼굴도 확인 안 해보고 일단 뒤통수부터 후려친 후 애먼 사람이 돌아보면 어? 동철이 아니네, 하고 지나가는 격이다. 요즘 가짜 뉴스라는 모순되는 단어가 괜히 생성된 것이 아니다. 정확한 사실을 기반으로 해야 하는 뉴스가 가짜라니. 사람들을 선동하기 위해 가짜 뉴스를 써대는 기자는 사기꾼이나 다름없다. 아님 말고와 비슷한 말로 '알 게 뭐야'가 있는데 이것도 조심해야 한다. 알 게 뭐야는 결과에 대한 책임회피다. 결과가 어떻든 자신과는 상관없다는 것이다. 될 대로 되라는 식의 알 게 뭐야는 자신의 행동으로 다른 사람에게 큰 피해를 줄 수 있는 위험한 정신이니 헷갈려서는 안 되겠다.

해병대의 '하면 된다', 특전사의 '안 되면 되게 하라', 현대 정주영 회장의 '해보기나 했어?' 정신과 맥을 같이 하는 '아님 말고' 정신. 하고는 싶은데 실패가 걱정이라면 "아님 말고" 라고 시크하게 한번 말해보길 바란다. 결과에 집착하거나 실패 따위에 아랑곳하지 않고 미련을 버린 듯한 초연함을 가져다줄 것이다. 이런 초연함이 어쩌면 성공을 부르는 것일지도 모른다.

아님 말고 정신으로
도전해야
인생 살기
수월하다.

좋지 않은 결과에 상처받는 사람일수록

스스로에세 유리한 정신승리가 필요힐지어다.

허명무실
虛名無實

허명뿐이고 실속이 없음.

종잇조각에 이름 석 자 새기기 위해

　모처럼 여유로운 공휴일. 우리 집의 유일한 혼돈의 장소인 내 방을 청소할 생각이었다. 제일 어지러운 책상을 정리하는데 명함 몇 장이 먼지와 함께 굴러다니는 것이 보였다. 명함꽂이를 꺼내 펼쳐보니 이미 만석이다. 연락은커녕 누구인지도 잊어버린 수많은 이름. 내가 정말 이 많은 사람을 다 만나긴 했었나 하는 의문이 들 정도였다. 대부분이 예전 광고회사에 다닐 당시에 만났던 클라이언트나 협력 업체의 명함들이었다. 지인들의 명함을 제외하고는 모두 꺼내 폐기 처분했다. 최근 몇 년간 연락하지 않았고, 앞으로도 연락할 일이 없는 사람들이다. 어쩌면 그들은 이미 회사를 옮겨 새로운 명함이 생겼을지도 모른다. 책상 서랍을 열어보니 내 명함들도 쏟아져 나왔다. 도대체 명함은 왜 이리 많이 만들어주는 것인지, 종이 낭비가 아닐 수 없다. 갈수록 명함 쓸 일이 줄어들기 때문이다. 지금 회사에서 외부 사람을 만날 필요가 없는 일을 하는 것도 있고, 인맥을 넓히기 위해 여기저기 커뮤니티에 나가던 것을 그만둔 것도 하나의 이유다.

혈기왕성한 사회 초년생 때는 마치 인맥이 재산인 양 뻔질나게 싸돌아다니며 명함을 교환했다. 대여섯 개의 커뮤니티에서 활동하느라 하루걸러 하루가 술자리였고, 덕분에 인맥도 주량도 늘었다. 그때 늘린 주량은 지금도 나를 위해 요긴하게 쓰이고 있지만, 그때 만들어 둔 인맥은 대부분 다른 사람을 위해서 쓰이고 있다. 사람을 구하는 회사에는 사람을, 회사를 찾는 사람에게는 회사를 추천해준다. 애인을 찾는 사람들에게 소개팅을 주선하기도 한다. 어쨌든 내 인맥이 누군가를 위해 요긴하게 쓰여 다행이다. 명함을 주고받으며 인맥을 만들었지만, 정작 인맥이 형성되고 나니 명함이 필요가 없어졌다. 비즈니스 관계로 만난 사람의 명함이라면 그 쓸모가 더 있었을 테지만 사적으로 만났기 때문에 명함은 제 할 일을 다 한 것이다.

한때는 명함을 모으는 게 취미였다. 특히 내가 들어가고 싶어 하는 대기업이나 메이저 독립 광고회사, 또는 외국계 광고회사의 명함이 주 타깃이었다. 그런 회사에 다니는 사람들과 명함을 교환해 안면을 트고 지내면 내게도 그 회사로 갈 기회가 올 거라 믿었다. 인맥을 통해 회사에 들어가 보려는 꼼수를 부린 것이다. 실제로 몇 번 기회가 오기도 했었다. 하지만 준비되지 않은 자에게 찾아온 기회란 잡을 수 없는 허상과도 같은 것이었다.

'허튼 꼼수 그만두고 다니고 있는 회사에서나 최선을 다하자. 열심히 하다 보면 기회가 다시 오겠지'라고 생각하고 몇 년이 흘렀다. 운 좋게 큰 회사로 옮길 기회가 생겼고, 이직 후 일하면서 깨닫게 된 것이 있었다. 내가 좇던 것은 큰 회사에 취직하는 것이 아니라 단순히 큰 회사의 CI가 박힌 명함뿐이라는 걸. 처음엔 좋았다. 어디로 이직했냐는 물음에 당당하게 말할 수 있어서 좋았고, 명함을 교환했을 때 이 회사가 어떤 회사인지 굳이 설명을 덧붙이지 않아도 돼서 좋았다. 그러나 큰 회사에 속해 있다는 소속감과 사람들의 부러움이 담긴 시선 등이 좋았을 뿐 회사의 연봉이나 복지, 위치 조건이 좋은 것은 아니었다. 오히려 근무 환경은 이전 회사보다 더 나빴다. 작은 회사에 비해 탑다운_{상의하달} 형식의 일 처리가 잦았고 회의 분위기도 수평적이기보다 수직적이었으며, 일을 처리하는 프로세스나 결재 체계도 복잡했다. 자유롭고 유연한 근무 환경에 익숙한 나로서는 딱딱하고 조직적인 회사 생활이 너무 갑갑하게 느껴졌다. 내부 경쟁도 심했고, 상사의 잦은 참견도 싫었다. 억지로 하는 건 못 견디는 성격인지라 결국 일신상의 이유를 핑계로 회사를 나왔다.

어떤 회사에 다니고 어떤 직업을 가졌는지로 그 사람의 가치를 평가하는 이들이 많다. 처음 만나는 사람일 경우 판단할 근거가 그것밖에 없다고 생각할 수 있지만, 나는 다니는 회사나 직업보다 오히려 첫인상이 사람을 판단하는 데 더 많은 정보를 준다고 생각한다. 나도 한때는 명함에 의지해 사람을 판단했고, 나 또한 명함 뒤에 숨기도 했다. 그걸로 나를 판단하길 바랐다. 하지만 명함에서 알 수 있는 것은 많지 않다.

고작 이름과 회사, 회사의 위치, 직업, 직급 또는 직책, 휴대전화 번호, 이메일 주소, 팩스 번호 정도이다. 이마저도 이직을 하면 이름, 휴대폰 번호를 제외하고는 모두 틀린 정보가 된다. 이름과 휴대폰 번호도 엄밀히 따지면 가변성 정보다. 결국 명함 속에서 변하지 않을 정보는 하나도 없는 것이다. 지금 자신이 잘 알고 있는 친구 한 명을 떠올려보자. 친구의 성격과 가치관, 라이프스타일을 회사나 직급, 직책으로 유추할 수 있는가? 친한 사람일수록 그 사람의 회사나 직급, 직책 등에 무관심하다. 사람을 사귀는 데 있어서 그것은 결코 중요한 요소가 아니기 때문이다. 사람은 쉽게 바뀌지 않지만 명함은 쉽게 바뀐다. 쉽게 바뀌는 정보를 근거로 사람을 판단해서는 안 된다.

돌아보건대 나는 책임과 권한이 동시에 주어진 일을 좋아했고 자유로운 근무 환경에서 더 좋은 성과를 냈다. 즉 믿고 맡겨야 재밌게 열심히 일하는 스타일이었다. 이래라저래라 참견하고 딴지를 걸면 잘하고 자 하는 의욕조차 잃었다. 친구들은 누구 밑에서 일 못하는 성격이니 차라리 장사를 하는 게 낫겠다며 놀리기도 했다. 이런 제멋대로인 성격 탓에 서랍 속에 쌓여 있던 내 명함은 십수 가지나 되었다. 다니던 회사가 분사하거나 명함 디자인을 바꾼 것도 있지만, 대부분은 직장 철새가 도 래지를 옮긴 까닭이다. 광고업계에서 나처럼 경력 관리를 못한 사람은 아직 보지 못했다. 연 단위로 쪼개진 경력은 인정받기도 힘들고 어디 가서 얘기하기도 부끄러울 지경이다. 하지만 후회하지는 않는다. 덕분에 다양한 회사에 다녀봤고, 다양한 스타일의 사람들과 함께 일해 볼 수 있었다. 한 분야의 일을 오래 한 경험은 없지만 많은 분야의 일을 두루 겪어봤다.

가장 오래 했으며 지금도 카피라이터로 일하고 있지만, 그 외에도 다양한 직종에서 종사했었다. 예전 명함을 살펴보니 내 이름 옆에는 별별 직종이 다 쓰여 있었다. 프로그래머부터 BM, 에디터, AE, 크리에이터, 콘셉트 플래닝 매니저, 어카운트 매니저 등. 그동안 걸어온 길을 돌아보니 오락가락 정신없이 구불거린다. 수많은 명함을 찍어내며 돌고 돌아 나는 어떤 직업을 향해 가고 있던 것일까? 결과론적으로 생각해보니 작가라는 길을 걷기 위해 이렇게 헤맨 게 아닌가 싶다. 무척이나 비

효율적인 삶이다. 하지만 미래의 일은 또 모른다. 책 한 권 겨우 내고 장사를 하고 있을지도. 그래도 글은 꾸준히 쓸 것이다. 그게 내 평생의 업인 것만은 확실하다. 나를 나답게 하는 일이 글을 쓰는 것이며 나를 온전히 표현하는 단어가 글쟁이이길 바란다. 당신의 명함도 당신다워지는 길로 가는 통행권이길 빈다.

허울 좋은
명함은 돈벌이가
무엇인지 알려줄 뿐
실제 당신을 말해주지 못한다.

명함은 당신의 이름표가 아니라 당신이 직업을 얻기 위해
시간을 지불한 영수증에 불과할지어다.

피차일반
彼此一般

저것이나 이것이나 마찬가지임.

월요병에 걸렸나봐요

아침 7시. 꿈결 같던 주말이 눈 깜짝할 사이에 허망하게 끝나고 다시 월요일이다. 알람을 끄고 5분만 더 자기를 청해 보지만 이미 주말은 저 멀리 달아났고, 오늘은 차 막히는 월요일이라는 복합적인 스트레스가 잠마저 달아나게 한다. 월요일 아침은 다들 차를 끌고 나오는지 출근길이 항상 막힌다. 평소보다 10분이라도 빨리 나가지 않으면 지각을 면하기 힘들다. 물 한잔 들이켜고 씻으러 화장실에 들어간다. 볼 일은 억지로라도 출근 전 아침에 꼭 해결해야 한다. 출근하는 길에 신호가 오면 화장실 찾기도 쉽지 않고 찾았다 해도 줄이 길다. 운 좋게 해결을 해도 이미 정시 출근은 물 건너간 상태다. 월요일 아침부터 지각하면 사무실 들어갈 때 쏟아지는 눈총이 100℃ 불가마에 들어갈 때보다 더 뜨겁다. 상사의 타박 같은 헛기침을 뒤로하고 얼른 자리에 앉아 컴퓨터를 켠다. 메일을 확인한 후 주간회의를 준비한다. 아침부터 할 일이 태산이다. 우거진 업무의 정글을 헤치고 상사의 잔소리 사막을 얼마나 건너야 오아시스 같은 주말을 다시 만날 수 있을까….

월요일은 일주일의 시작이니만큼 활기차고 힘이 넘쳐야 하는데 어째서 이런 애물단지 취급을 받게 되었을까? 주말에 푹 쉬면서 피로를 풀거나 체력을 보충하지 못하고 남은 체력을 노는 데에 다 써버려서 그런 걸까? 만약 그런 거라면 공휴일이라서 쉬는 월요일일 때도 피곤하고 힘이 없어야 하는데 우리는 그렇지 않다. 하루 더 쉰다는 생각에 눈이 또랑또랑해지고 주말 내내 실컷 놀았다고 해도 아직 더 놀 수 있다며 의욕을 불태운다. 아무래도 물리적인 이유는 아닌 듯하다. 그렇다면 심리적인 이유일 것이다. 하기 싫은 일을 해야 하거나, 보기 싫은 사람을 봐야 하거나 혹은 둘 다 이거나.

회사에 가면 당연히 일을 해야 한다. 하지만 우리는 일을 싫어한다. 그게 첫 번째 문제다. 때에 따라서는 그나마 재밌는 일도 있긴 하다. 하지만 노는 것보다 재미있지는 않다. 간혹 노는 것보다 일하는 게 더 좋다고 말하는 재수 없는 사람들이 있는데 그 사람은 제대로 놀아보지 못한 사람일 확률이 높다. 노는 것보다 공부가 더 재밌다던 모범생이 정말 그 시절 다양한 놀 거리를 제대로 경험해보고도 역시 노는 것보다는 공부가 재미있다고 얘기할 수 있을까? 그럴 리 없다고 생각한다. 나도 학창 시절에 친구들이 재밌다고 환장하던 스타크래프트라는 게임을 처음으로 해봤을 때는 전혀 재미를 느끼지 못했다. 그 이유는 할 줄을 몰랐기 때문이다. 게임 유닛들의 특성과 상성, 컨트롤하는 방법과 전략, 여러 가지 단축키 등을 익히고 나니 완전히 그 게임에 빠져버렸다. 게다가 친구들과 편을 먹고 내기를 하는 대전 모드를 하면 밤새는 줄도 모를 정도였다.

우리 세대에 그 게임만 안 나왔어도 수능시험 점수가 50점은 더 올랐을 거라는 애들이 수두룩하다. 물론 피시방이 활개를 치던 시대였으니 수능점수 50점이 오를 확률보다는 다른 게임에 빠졌을 가능성이 더 높긴 하다. 우리는 노는 걸 좋아한다. 일을 노는 것처럼 하면 되지 않느냐 반문할 수도 있지만 노는 게 일이 되면 더 이상 그건 노는 게 아니다. 게임이 좋아서 프로게이머가 된 사람들은 노는 게 아니다. 승패와 전적이 자신의 연봉과 계약 기간을 정해준다. 커다란 스트레스가 아닐 수 없다. 축구가 좋아서 축구 선수가 된 사람들이나 야구가 좋아서 야구 선수가 된 사람들도 마찬가지다. 나도 광고가 좋아서 카피라이터가 되었지만 좋아하는 광고를 만드는 사이에 몸 상태는 걸어 다니는 종합병원이 되어 도망치듯 광고계를 빠져나왔다. 그래도 노는 게 일인 몇몇 부러운 사람들도 있긴 하다. 하지만 그렇지 못한 우리는 어쨌든 재미없는 일을 해야 한다. 도움이 될지는 모르겠지만 내가 일에서 재미를 찾기 위해, 아니 재미없는 일을 그나마 재미있게 만드는 몇 가지 방법을 소개할까 한다.

즐거운 회사 생활을 위한 여섯 가지 팁

1. 미션 정하기

일을 제한시간 안에 성공해야 하는 게임의 퀘스트나 미션이라 생각하는 것이다. 그리고 미션을 클리어하면 스스로에게 보상을 주는 거다. 먼저 포스트잇 맨 위에 'MISSION'이라고 쓰고 그날 해야 할 일을 쭉 적어본다. 일의 순서는 쉬운 순서가 아니라 중요한 순서로 적는 것이 중요하다. 가장 중요한 일을 먼저 하는 것이다. 휴대폰의 타이머 어플로 미션 시간을 정한다. 전열을 가다듬고 화장실에 가서 소변을 보거나, 컵에 마실 물이나 커피를 가득 담아오는 등 준비가 다 되었으면 오늘의 미션 스타트! 틈만 나면 울려대는 전화와 시도 때도 없이 불러대는 상사 등 미션을 방해하는 장애를 모두 극복하며 제한 시간 내에 미션을 클리어하면 퇴근 후 시원한 맥주를 한 병 마신다거나 좋아하는 게임을 하는 등 스스로가 만족할수 있는 보상을 준다.

2. 상황과 의미 만들기

일은 난이도와 중요도에 따라 의욕이 달라진다. 일의 난이도와 중요도가 너무 낮으면 하기가 귀찮고 너무 높으면 힘들고 부담된다. 이럴 때는 스스로 난이도와 중요도를 적절하게 만들면 된다. 예를 들어 상사가 제안서를 하나 던져주며 30부씩 복사해서 회의실에 깔아놓으라는 단순 업무를 지시했다고 치자. 그러면 내가 고작 이런 일 하려고 힘들게 공부해 4년제 대학교를 나와서 어마어마한 경쟁력을 뚫고 이 회사에 들어왔나 한탄할 게 아니라 상상력을 동원해 내 마음껏 상황을 설정해 보는 것이다. 지금은 지구가 운석이 부딪히기 일주일 전, 전 세계의 대통령들과 희대의 석학들이 모여 지구방위대 TF팀을 꾸렸다. 한 시간 후 지구의 운명을 결정짓는 회의가 이 회의실에서 있을 예정이다. 내 손에 들려있는 건 지구를 살릴 수 있는 유일한 대책. 내 임무는 이 문서를 안전하게 그리고 정확하게 TF팀에게 전달하는 것이다. 이걸로 우리는 만물의 영장으로서 지구에서의 삶을 더 영위해 갈 수 있다. 애들 장난 같지만 이런 식으로 설정을 잡는다면 그 서류를 잃어버린다거나, 기계처럼 복사해서 대충 회의실에 던져 놓는다거나, 딴짓을 하다 회의시간 다 가올 때까지 그 일을 깜빡하는 일은 없을 것이다.

반대로 상사가 내가 감당하기엔 너무 어려운 내년 상반기 제품 판매 계획을 짜오라고 시켰다면 이런 설정을 짜보는 것이다. '나는 세일즈에 관해서는 모르는 게 없는 판매의 왕을 넘어 판매의 신이라 불리는 마케팅 컨설턴트. 지금 세계 굴지의 회사가 최근 판매 부진에 허덕여 나에게 컨설팅을 맡긴 상황'이라는 설정을 만들어 거기 몰입하여 기획서를 쓴다면 최소한 욕먹을 기획서는 나오지 않을 것이라 장담한다. 이런 상황 설정은 귀찮은 심부름을 할 때도 정신 승리하기 좋다. 재수 없는 상사가 커피 한 잔 타오라고 시켰을 때 구시렁거리며 커피에 침을 뱉을 게 아니라, 커피 공장에서 평생 커피 열매만 따던 노동자가 죽음을 앞두고 자신이 평생 따왔던 커피를 한번 맛보고 싶다는 그의 소원을 이루어주기 위해 커피를 타는 것이라는 설정을 한다면 귀찮은 심부름 하나에도 최선을 다하는 자신을 볼 수 있을 것이다.

3. 단순 반복 업무에는 역시 노동요

군대에서 있던 일이다. 우리 부대는 수요일마다 분리수거를 했다. 쓰레기가 가득 찬 분리수거 포대를 뒤엎어 그 안에서 폐기물을 분류하는 일이었다. 뙤약볕에서 냄새나는 쓰레기를 뒤지는 것을 좋아하는 사람은 아무도 없었다. 하지만 반드시 해야만 하는 일이었다. 하루는 어떤 선임병이 분리수거를 하면서 휘파람을 불었다. 한두 명씩 선임병의

휘파람 노래를 따라 불기 시작했다. 지겨웠던 분리수거 작업이 신기하게도 재밌어졌고 즐기면서 하다 보니 일이 금방 끝나버렸다. 그 후로 분리수거를 할 때마다 카세트테이프를 가져와 노래를 틀었고 작업 효율이 더 높아졌다.

군대를 전역한 후 대학에 복학하기 전에 단순 엑셀 작업 아르바이트를 한 적이 있었다. 얼마나 단순하냐면 서류에 적힌 숫자를 엑셀에 그대로 옮겨 적는 것이었다. 그런 서류가 이삿짐 박스에 차곡차곡 쌓여 있었다. 아침 9시부터 저녁 6시까지 아르바이트생들은 책상에 일렬로 앉아서 서류를 들고 열심히 숫자를 입력했다. 시간이 멈춘 듯한 적막 속에서 타닥타닥 키보드 소리만 들렸다. 한참을 입력하다가 점심때가 되었나 싶어 시계를 보면 시곗바늘은 아직도 10시를 가리키고 있다. 사무실이 조용하니 시간이 더 느리게 흐르는 듯했다. 그렇게 지루한 하루를 보내고 입력한 분량을 보니 A4용지로 10장쯤이었다. 아르바이트가 총 10명이었으니 대충 하루에 100장이라는 계산이 나왔다. 사장님은 쌓인 서류를 전부 입력하는 데 2주 정도 걸리겠다며 지루하더라도 부디 2주간 꾸준히 나와 달라고 아르바이트생들에게 당부하였다.

한 나흘째 되는 날이었을 것이다. 점심시간에 사장님께서 우리에게 힘든 일은 없는지 물었다. 나는 사장님께 일하는 동안 신나는 노래를 좀 틀어줬으면 좋겠다고 청했다. 사장님은 다른 사람들에게 집중하는 데 방해되지 않겠냐고 물으셨다. 다른 아르바이트생들도 모두 좋다고 했고, 그 날부터 사무실에는 스피커를 통해 신나는 노래가 흘러나왔다. 그 후 놀라운 일이 벌어졌다. 신나는 노래에 맞춰 입력하다 보니 단순 업무에도 점점 속도가 붙었고 흥마저 나는 것이었다. 지루하던 하루가 그 후부터는 생각보다 금방 지나갔다. 테크노부터 유로댄스까지, 사장님의 노래 선곡은 탁월했다. 우리들은 빠른 BPM에 맞춰 키보드를 신나게 쳐댔다. 그렇게 10일째가 되는 날, 엄청난 서류 뭉치가 쌓여 있던 이삿짐 박스가 드디어 바닥을 보였다. 노동요의 힘은 실로 막강했다. 사장님의 예상보다 4일이나 먼저 일을 끝낸 것이다. 사장님은 다들 수고가 많았다며, 모두에게 아르바이트비를 5만 원씩 더 얹어주셨다. 단순 작업의 효율을 높이는 데는 노래만한 것이 없다.

4. 업무의 목적 찾기

상사들은 부하 직원에게 일을 시킬 때 어떻게 하라고만 얘기하지 왜 해야 하는지는 잘 설명해주지 않는다. 하지만 일을 해야 하는 이유는 그 일을 하는 데에 있어 중요한 요소다. 이유를 알아야 목적을 알 수 있고, 목적을 제대로 알아야 원하는 결과를 얻을 수 있다. 보고서, 기획안,

제안서 등 회사에서 작성하는 문서에도 모두 목적이 있다. 누구를 위해 왜 써야 하는지가 어떻게 해야 하는 것보다 먼저다. 상사가 알려주지 않는다면 스스로 찾아야 한다. 내가 이 일을 왜 해야 하는지 당위성이 생겨야 그나마 일을 재밌게 할 수 있다. 예를 들면 상사가 단순 숫자 입력 업무를 맡겼더라도 '이 업무는 하찮게 보이지만 이 기본적인 데이터가 없으면 다음 업무를 진행할 수 없을 정도로 중요한 일이며 이 일을 나에게 맡긴 이유는 내가 그만큼 꼼꼼하고 믿을 만하기 때문'이라고 생각하는 것이다. '이런 중요한 작업은 내가 맡아야지 어쩔 수 없네' 하면서 상사에게 자신의 꼼꼼함을 보여준다면 작은 일이라도 완벽을 기하는 당신에게 신뢰가 가는 건 인지상정이다.

5. 모든 일은 나를 위한 일

내가 하는 지금의 일이 나중에 나에게 얼마나 큰 도움이 될지 알 수 없다. 그냥 믿는 것이다. 작은 일이라도 그런 자잘한 일들이 쌓여 내 월급이 되는 것은 당연한 것이고, 어쩌면 내가 하는 일 하나로 회사의 운명이 바뀔지도 모르는 것이다. 내가 회사의 임원이 되는 게 목표라면 훗날 이 작은 일 덕분에 이 회사에 중역이 될 수 있었다고 회상하는 상상을 해보는 것도 좋겠다. 작은 돌 하나하나가 쌓여 성을 이룬다. 나를 성장시키는 것에 작은 일, 큰일이 따로 없다. 모두 중요한 일일 뿐이다. 내가 아는 어떤 선배는 신입사원 시절부터 기획서 100개 쓰고 누구보다 빨리 대리로 승진한다는 목표하에 모든 동기가 꺼리는 기획서 작업을 도맡아 했고, 기획서 100개 쓰는 동안 무려 네 번 승진해서 최연소 부장 타이틀을 거머쥐었다고 한다. 물론 승진이 전부는 아니다. 목표는 각자 원하는 대로 정하기 나름이다. 현재 나의 목표는 승진이 아니라 단지 아침에 눈을 떴을 때 회사 가기 싫다가 아닌 오늘도 열심히 해보자는 기분으로 출근하기이다. 술을 엄청나게 먹은 다음 날이 아닌 이상 아직까지 일 때문에 회사에 가기 싫다는 기분이 든 적이 없어서 개인적으로 다행으로 생각하고 있다.

6. 올챙이 적 생각하기

우리가 일로 스트레스를 받고 있다면 우리는 이미 취업 스트레스를 이겨낸 사람이라는 것이다. 우리는 사상 최악이라는 취업난을 뚫고 직장을 구한 운 좋은 사람들이다. 백수 시절을 생각해보자. 적은 월급, 재미없는 일이라도 구할 수 있기를 얼마나 원했던가. 회사에서 당신에게만 특별히 쓸데없는 업무를 준 것이 아니다. 아무리 하찮아 보이는 일이라도 모두가 그 일을 해왔고 지겨운 시간을 견뎌 승진을 하고 직책을 얻어 연봉을 올렸다. 지금 하는 일이 마음에 들지 않아서 다 그만두고 다시 취준생이 될 자신이 있다면 그렇게 해도 좋다. 그러나 이것만은 기억하라. 오늘 내가 지겨워했던 그 일은 어떤 백수가 그토록 원했던 일이었을지도 모른다는 것을. 지금 당신의 그 자리를 수백 수천의 백수들이 노리고 있다. 때로는 그저 견디는 게 이기는 것일 때도 있다.

예전에 일하기 싫다며 회사를 박차고 나와 프리랜서 카피라이터를 시작한 적이 있었다. 한 번은 운 좋게 기업체에 카피를 써주고 4일 만에 한 달 치 월급을 벌었다. 돈 버는 거 별거 아니네 하며 우습게 알던 호황기도 잠깐, 4개월 내내 일이 들어오지 않자 돈에 쪼들려 아르바이트를 하기 시작했다. 아파트 소독, 물탱크 청소, 물류센터에서 브랜드별로 빈병을 정리하는 일 등 가리지 않고 일을 했다. 사무실에서 시원한 에어컨 바람 쐬며 앉아서 일하던 시절이 그렇게 그리운 적이 없었다.

일은 일이다. 놀이가 아니다. 놀면서 돈 버는 것처럼 좋은 것도 없겠지만 우리는 그런 직업을 얻지 못했다. 그렇다면 일을 잘 즐기는 게 회사 생활을 잘하고 또 오래 하는 방법일 것이다. 우리가 월요병이 심한 이유는 똑같은 반복에 있다는 이야기를 들은 적이 있다. 끊임없이 다시 찾아오는 월요일의 반복이 그 이유라는 것이다. 그러나 그것은 착각에 불과하다. 사실은 반복이 아닌 시간의 계속적인 흐름인데 우리는 쳇바퀴 돌 듯 다시 지겨운 월요일이 돌아왔다고 생각한다. 인간이 연속적인 시간을 24시간, 일주일, 12개월처럼 나눠서 표기하고 계속 반복하는 것처럼 만들어 놓은 이유는 지나간 일은 잊고 새로운 다짐을 하기 위함이라고 한다. 어제의 잘못과 후회는 이미 지나간 일로 두고 새로운 날을 맞아 다시 힘차게 시작하라는 것이다.

월요일도 마찬가지다. 저번 주에 부족했던 점을 반성하고 그것을 채울 수 있도록 돌아온 주에는 마음을 다잡고 새롭게 시작하면 된다. 반복되는 월요일이 지겹다면 월요일마다 수업이나 레슨을 받는 것도 좋은 방법이다. 평소 배우고 싶었던 악기나 외국어를 배우는 것이다. 매주 월요일은 반복되지만 나의 실력은 점점 오르기 때문에 반복이라는 지겨움을 발전이라는 설렘으로 바꿀 수 있다. 토요일 오전부터 이 글을 쓰기 시작해 벌써 일요일 밤이다. 자고 일어나면 다시 월요일. 모두 앞서 말한 정신 승리로 지겨운 월요일이 아니라 반가운 월요일이 되기를 바란다.

피할 수 없다면
차라리
일을 고대하던 백수처럼
반갑게 맞이하자.

이러나저러나 어차피 해야 하는 일이라면

즐겁게 재밌게 하는 게 모두에게 좋을지어다.

사상누각

砂上樓閣

어떤 일이나 사물의 기초가 튼튼하지 못한 것을

비유하여 이르는 말.

인정? 어, 인정

　우리는 누구나 사람들에게 인정받고 싶어 한다. 흔히 말하는 인정 욕구다. 다른 사람에게 인정을 받아야 자신이 가치 있음을 느끼는 것이다. 독일의 철학자 헤겔은 인정 욕구를 생사를 건 투쟁이라고까지 얘기했다. 그만큼 우리는 인정받기 위해 혈안이 되어 있다. 학창 시절 우리는 사회적 역할을 충실히 수행하면 보상을 받는다고 배웠다. 하지만 사회에서는 충실히 수행해도 보상이 없는 경우가 허다하다. 아니, 충실히 수행했는지 하지 않았는지에 대한 관심조차 없는 것 같기도 하다. 교과서에 나오는 얘기는 말 그대로 교과서 같은 얘기다. 제대로 된 사회라면 응당 그래야 한다는 것을 알려줄 뿐 현실은 책과 달리 냉혹하다. 이론과 실제의 차이란 몸소 겪어보지 않으면 그 엄청난 간극을 알 수 없다.

　내가 처음 광고회사에 들어갔을 땐 신입사원답게 의욕이 넘쳐흘렀다. 그런데 이제 막 회사에 적응하고 있을 무렵 갑자기 팀원과 팀장이 연달아 퇴사하는 바람에 팀에 나 혼자 덜렁 남았다. 당시 회사에서는 계간지를 발행하고 있었는데 담당하던 인력들이 모조리 퇴사를 해버린 것이었다. 어느 날 대표님이 나를 대표실로 부르더니 현재 사내에 글을 쓸 수 있는 사람이 나밖에 없으니 이번 계간지를 맡아줬으면 좋겠다고 했다. 아르바이트로 브로슈어를 만들어본 경험은 있지만 잡지는 처음이었던 내가 난색을 표하자 대표는 이번에만 잘 마무리해주면 내 밑으로 신입사원을 뽑아 나를 팀장으로 승진시켜주겠다는 파격적인 조건을 내걸었다. 지금 다시 생각해보면 말이 안 되는 조건이었는데 당시에는 순진하게도 덥석 미끼를 물어버렸다.

그 후로 눈에 불을 켜고 일에 몰두했고 자나 깨나 회사와 업무만 생각했다. 말 그대로 회사에 올인한 것이다. 주어진 미션을 시간 내에 제대로 마치기 위해 나 홀로 철야도 불사했다. 아무도 없는 회사 소파에서 쪽잠을 자다 고3 수험생 때도 눌린 적이 없던 가위에 난생처음 눌리기도 했다. 힘든 과정이었지만 모든 작업을 마치고 잡지를 출고시켰다. 그 후 나는 어떻게 되었을까? 입사한 지 1년도 채 되지 않아 드라마처럼 잡지 절판 위기에서 회사를 구하고 최연소 팀장 타이틀을 달았을까? 다들 예상한 대로 그런 일은 없었다. 한 달간의 야근과 철야로 완성된 나의 성과는 옆 팀 팀장에게 고스란히 빼앗겼고, 팀장으로 승진은커녕 오히려 다른 팀으로 발령이 나 내가 하던 업무마저 다른 팀에게 넘겨주고 말았다. 불같은 성격의 내가 가만히 있을 리가 없다. 당장 대표실로 달려갔다. 대표실에는 내 노력을 꿀꺽해버린 옆 팀의 팀장도 같이 있었다. 마침 잘되었다 싶어서 이건 약속과 다르지 않냐고 대표에게 따지듯 물었다. 대표는 금시초문이라는 반응이었다. 그런 약속을 한 기억조차 없다는 것이다. 그러면서 옆 팀 팀장에게 이번 잡지 발행에 내가 관여한 일이 있는지 물었다. 옆 팀 팀장도 모르쇠로 일관했다. 어떻게 사람이 저럴 수가 있는가? 그 후안무치함에 치를 떨었다. 대표는 만약 그런 일이 있었다 하더라도 월급을 줬으니 그걸로 된 거 아니냐고 되물었다. 나는 아무 말도 하지 못하고 대표실을 빠져나왔다.

내가 원하던 건 과연 무엇이었을까? 초고속 승진으로 팀장 타이틀을 달고 싶었던 걸까? 아니면 내 고생을 인정받고 싶었던 것일까? 아마도 후자에 대한 기대가 더 컸을 것이다. 당시 나는 대표님이 내준 숙제를 열심히 해서 칭찬을 듣고 싶어 했던 어린아이에 불과했다. 결국 불합리한 사회를 향한 칭얼거림에 지나지 않은 것이다. 그 후 몇 군데의 회사에 다니는 동안 타오르던 인정 욕구의 불길도 점점 진화되었다. 내가 바라던 회사의 모습과 실제 회사는 매우 달랐다. 물론 나도 회사가 원하는 인재상과 많이 달랐을 것이다. 이런 동상이몽 속에서 느낀 것이 몇 가지 있다.

1. 회사의 대표와 회사를 동일시해서는 안 된다

회사의 대표는 감정을 가진 사람이지만 회사는 사람이 아니다. 만약 당신이 연인과 이별하고 그 슬픔을 못 이겨 며칠 무단결근했다고 치자. 회사 대표는 괜찮냐며 걱정을 해줄지도 모른다. 하지만 회사는 사내 규정에 명시한 대로 나를 무단결근으로 인한 퇴사 처리를 할 수 있는 것이다. 대표님의 걱정과 회사의 퇴사 처리는 완전히 별개다. 연인과의 이별이 무단결근의 정당한 사유가 될지에 대해서는 대표님의 판단이 큰 몫을 하겠지만 그게 정당한 사유로 받아들여진다면 그 회사에는 이별 휴가라는 복지가 생겨야 할지도 모를 일이다. 회사에게 감정적 이해를 요구하는 건 자동판매기에게 가격을 깎아달라고 흥정하는 것과 같다.

2. 회사 복지는 필수사항이 아니다

많은 회사가 다양한 복지제도로 직원들의 사기를 북돋아주고 있다. 하지만 회사의 복지는 직원들의 애사심과 만족도를 위한 제도일 뿐 필수 사항이 아니다. 복지 제도가 단 하나도 없다고 해서 노동청에 신고할 수 있는 게 아니라는 말이다. 어떤 회사에서는 이런 복지 제도가 있었다. 직원들의 투표로 이달의 우수사원을 뽑아 상여금을 주는 것이다. 말이 좋아 우수사원이지 사실은 인기투표와 다를 게 없는 선출 방식이었다. 또 지각하는 직원에게는 지각비를 내게 하고 한 달 동안 한 번도 지각하지 않는 직원들에게는 상금을 주는 것이다. 당시 별명이 쌈닭이 었던 나는 이런 선별적 복지는 복지 제도가 아닌 상벌 제도와 다름없는 게 아니냐고 대표님께 물었다. 돌아오는 대답은 "그래서 뭐? 복지 제도 든 상벌 제도든 내가 그렇게 하겠다는데 네가 왜 참견이냐"는 거였다. 역시 아무 말도 하지 못했다. 직원들이 원하는 복지를 하는 것도 대표 마음, 아무런 복지를 하지 않는 것도 대표 마음이다.

3. 아무리 무능하더라고 창립 멤버와는 척을 지지 마라

창립 멤버는 개국 공신과 마찬가지다. 아무리 무능하더라도 횡령, 배임과 같은 범죄를 저지르지 않는 한 창립 멤버는 쉽게 잘리지 않는 다. 흔히 말하는 철 밥통인 것이다. 대표가 창립 멤버를 자르는 건 힘들 던 초창기에 고생과 역경을 함께했던 동료에 대한 의리를 저버리는 행 위로 비칠 수 있다. 또한 남아 있는 창립 멤버들에게 우리도 언젠가 저 렇게 토사구팽당할 수 있다는 불안감을 심어주어 구심력을 약하게 만 드는 계기가 될 수도 있다. 가끔 고루한 생각으로 회사 발전에 발목을 잡는 창립 멤버들이 있을 수 있고, 일은 전혀 하지 않고 무임승차하려는 창립 멤버도 있을 수 있다. 그런 상사를 모시고 성과를 내기 쉽지 않은

게 사실이다. 의사 결정자가 아무런 의사가 없어 결정을 못 내린다면 업무가 원활히 진행될 리가 없다. 그렇다고 해서 그들과 척을 지어서는 안 된다. 지금의 회사를 오래 다니고 싶다면 더욱 그렇다. 특히 그 사람이 잘리든 내가 때려치우든 둘 중 한 명이 그만두어야 끝나는 극단적 상황까지 가서는 더욱 안 된다. 당신이 아무리 회사의 유망주로 부상하고 있더라도 대표는 처음 함께 달렸던 늙은 말을 내치는 것보다 고삐 풀린 망아지 같은 당신을 내보내는 선택을 할 가능성이 높다. 대척점에 서려고 하기보다는 오히려 창립 멤버의 고견을 묻고 도움을 청하는 제스처를 취하는 게 일을 순조롭게 잘 해결하는 방법일 수 있다. 알아서 기라는 게 아니라 아까운 계란으로 바위 치지 말라는 얘기다. 창립 멤버뿐만 아니라 대표의 친인척, 지연, 학연으로 엮인 사람들에게도 마찬가지다. 특히 그들 앞에서는 언행까지 조심하는 게 좋다. 그들은 대표의 눈과 귀, 즉 걸어 다니는 CCTV 역할을 하는 경우가 많기 때문이다.

4. 나의 이상을 회사에서 찾지 마라

회사는 일하는 곳이지, 나의 이상을 실현해주는 곳이 아니다. 대외적으로는 회사에서 맘껏 꿈을 펼쳐라, 끊임없이 도전하라고 하지만 실제로 그런 기회와 지원을 아낌없이 해주는 회사는 그리 많지 않다. 거의 없다고 해도 과언이 아닐 것이다. 회사는 여기서 꿈과 이상을 실현하라고 나를 고용하지 않았다. 내가 받는 월급 이상의 매출을 올리기 위해서 나를 고용한 것이다. 기업의 존재 이유는 고객 창출과 매출 증대에 있다. 꿈, 이상, 희망과 같은 달달한 단어들은 회사보다 놀이동산에 더 어울린다. 회사에서 열심히 일해 받은 돈으로 여가 시간에 꿈과 이상을 실현하는 게 더 빠르고 현명한 방법이다.

5. 회사에서의 능력은 성과로 결정된다

회사에서 시키는 것만 잘해도 중간은 간다. 시키는 것 이외에 회사 발전을 위한 일들을 스스로 찾아서 한다면 회사 차원에서는 좋겠지만 특별한 성과가 없다면 결국 하나 마나 한 것이다. 시도와 마음가짐이 좋았다고 해서 연봉을 올려줄 회사는 많지 않다. 일 못하는 직원이 근태가 좋다고 해서 연봉을 올려주지 않는 것과 마찬가지다. 근태는 연봉을 깎는 수단이지 올리는 수단이 되지 못한다. 결국은 성과다. 성과는 곧 연봉으로 귀결된다. 가끔 연봉 인상보다 승진을 미끼로 협상을 하려는 회사들이 있는데 호봉제처럼 직급별 연봉이 정해진 회사가 아니라면 단순한 승진은 큰 의미가 없다. 나는 입사 2년 만에 대리를 달았다. 내가 잘해서 승진시켜준 것이 아니라 대외적으로 협력사에게 무시당하지 말라고 그냥 달아준 것이다. 명함에 대리라고 쓰여 있고, 남들이 대리라고 부른다고 해서 달라지는 것은 호칭 말고 아무것도 없었다. 팀장 같은 직책을 주는 것은 좀 다를 수 있다. 직급에는 책임과 권한이 따른다. 책임을 진다는 조건하에 의사 결정의 권한을 가지고 있다는 말이다. 나의 의지대로 결정할 수 있는 사안이 많아지면 내가 회사를 이끌어 간다는 주인 의식이 생길 수 있고 보람도 느낄 수 있다.

이상이 내 이상理想과는 달랐던 회사의 실제다. 회사를 너무 냉소적으로 바라본 감이 없지는 않지만 이렇게 생각하는 게 오히려 마음이 편하다. 특히 취업준비생이나 사회 초년생은 회사에 큰 기대를 품고 있는 경우가 많은데 기대가 크면 실망도 큰 법이다. 물론 열심히 일해서 회사에서 인정을 받는다면 심리적 보상뿐만 아니라 나아가 경쟁 사회에서 생존할 수 있다는 확신을 얻을 수도 있다. 그렇지만 너무 인정받기 위해 애쓰지 않았으면 한다. 그리고 인정받지 못했다고 해서 너무 실망하거나 위축되지 않기를 바란다. 회사는 우리의 노력을 인정하였기 때문에 월급이라는 보상을 주는 것이다. 게다가 복지라는 혜택과 나의 발전, 쌓이는 커리어, 워라밸Work and Life Balance까지 덤으로 얻었다면 기뻐하라. 당신은 정말 좋은 회사에 다니고 있는 것이다.

회사에서 노력했다고
항상
누군가가 인정해줄 거라는
생각은 오산이다.

기본이 약하면 무너지듯이 회사 생활에서 필요한

기본 마음가짐은 일단 오래 다니겠다는 마음일지어다.

4장 '힘내 대신 힘 빼'라는 한마디

권모술수

權謀術數

목적을 위해 남을 교묘하게 속이는 모략이나 술수.

웬 술을 사랑하라

사람이 살아가면서 웬수로 제일 자주 꼽는 것이 있다면 무얼까?

그건 바로 술일 것이다. 많은 이들이 술을 마시고 실수를 하거나 사고를 친 후에 술이 웬수라며 잘못을 술에게 떠넘긴다. 사실 적당한 선만 지킬 수 있다면 술처럼 좋은 친구도 없다. 소심한 사람에게 용기와 배짱을 실어주고, 서먹한 분위기도 화기애애하게 만들어준다. 술의 능력은 거의 램프의 요정과 비슷한 수준이다. 하지만 지켜야 할 선을 넘기면 요정은 서서히 요물이 되어 본색을 드러낸다. 나의 이성을 무너뜨리고 판단력을 흐리게 하며, 또한 몸을 지배하여 술이 술을 마시는 물아일체의 경지에 이르게 만든다. 좋은 친구가 웬수가 되는 순간이다.

사람이 술을 마실 때 술만 마시지 않듯이, 술에 거나하게 취하면 이성만 잃는 것이 아니라 기억도 잃어버리게 된다. 블랙아웃. 흔히 말하는 필름이 끊기는 현상을 나도 가끔 경험하는데 그럴 때면 참으로 안타

깝고 때론 억울하기까지 하다. 어젯밤 술자리에서 친구들과 정말 재밌는 애기를 나누고 한참을 웃었는데 그 애기가 뭐였는지 도통 기억이 나지 않는 것이다. 시간과 돈까지 써 가며 오랜만에 추억을 만들었는데 술이라는 도둑에게 송두리째 빼앗긴 기분이다. 어쩌면 요술 램프의 지니도 알라딘이 술에 취해 만들어낸 허상일지도 모르겠다.

하지만 이 정도로 웬수의 반열에 오르긴 힘들다. 진짜 웬수일 때는 돌이킬 수 없는 행동이나 선택을 했을 경우다. 지갑이나 휴대폰을 잃어버렸다거나 전 애인에게 연락을 했다거나 술김에 좋아하지도 않는 사람과 스킨십을 했다거나 하는 일들 말이다. 다들 한두 번씩은 이런 경험이 있을 것이다. 나는 전자인 경우가 많았다. 사실 난 지갑을 잃어버려도 귀찮은 일들이 생길 뿐 큰 타격은 없다. 비싼 지갑을 가지고 다니지도 않을뿐더러 요즘 같은 카드 시대에 현금을 많이 가지고 다니지도 않으니까. 그리고 지갑은 주인도 없는 귀소본능을 가지고 있는지 매번 자기가 알아서 집을 잘 찾아오더라. 지금까지 다섯 번 이상 잃어버린 거 같은데 15년째 같은 지갑을 쓰고 있다. 대신 주민등록증이나 운전면허증, 체크, 신용카드들을 다시 발급받아야 하는 성가신 일들이 생긴다. 1분 안에 물 없이 건빵 한 봉지를 먹는 것만큼이나 힘든 게 점심시간 안에 은행 업무를 보는 것이 아닌가.

은행과 관공서에 분실물에 대한 재발급을 신청하고 새로 발급받기까지 한 달은 족히 걸린다. 그래도 그 정도까지는 감수할 수 있다. 머리가 나빠 몸이 고생하는 거라 생각하며 감내할 수 있다. 그런데 휴대폰을 잃어버리면 얘기가 달라진다. 휴대폰을 다시 장만해서 개통하기까지의 심리적·금전적 손실이 엄청나다. 당장 불편한 건 물론이고 클라우드 백업이라도 해놓지 않았다면 연락처며, 사진이며, 메모장에 쓴 아이디어나 글의 소재들까지 모두 안녕이다. 게다가 요즘 스마트폰이 보통 비싼가. 아이고, 내 돈. 정승처럼 벌어서 개처럼 썼구나.

각설하고, 물건을 잃어버린 것보다 더 큰 문제가 바로 후회할 행동을 하는 것이다. 연인 사이에 끼어서 그들의 눈꼴신 짓을 보며 술을 마시면 문득 서글픔과 우울함이 밀려와 후회할 일을 일발 장전한다. '나도 꿀 떨어지던 시절이 있었는데' 하며 다음날 아침에 일어나 문자 내역을 확인하면 이불킥을 하게 만들 문자를 전 여자 친구에게 보낸다. '뭐해? 잘 지내?' 하고 말이다. 그나마 이 정도라면 옛사랑에게 지질함을 보인 게 창피해 발로 이불에 붙은 먼지를 몇 번 털고 난 후에 일어나면 그만이다. 창피함은 한순간이고 시간이 지나면 잊혀지기 마련이니까. 하지만 좋아하지도 않는 사람과 실수로 스킨십을 한 경우에는 시간도 해결해주지 못한다.

영화에서 흔히 볼 수 있는 클리셰다. 많은 이야기가 술 먹고 난 후의 스킨십을 통해 시작된다. 영화에서는 대부분 해피엔딩으로 끝나지만 현실은 그렇게 녹록치 않다. 이처럼 술은 웬수다. 그러나 이런 웬수도 잘만 이용하면 원하는 결과를 얻을 수 있다. 소원했던 친구와 술을 한잔하며 지난날을 털어버릴 수도 있고, 어색했던 사람과 속 얘기를 하며 친해질 수도 있다. 우리 집은 토요일마다 온 가족이 저녁을 먹으며 반주를 하는데, 그동안 쉽게 하지 못했던 얘기들을 술기운을 빌어 함으로써 오해도 풀고 좀 더 서로를 이해하는 계기를 만들고 있다. 전 세계적으로 막내들은 술 덕분에 태어난 경우가 많다고 하니 이 또한 주酒님께 감사할 일이다. '웬수를 사랑하라'는 가르침을 나는 잘 지키고 있다.

술을 안 좋게 이용하는 사람들도 적지 않다. 여자라면 술자리 문제로 남자 친구와 말다툼을 한 번씩은 해봤을 것이다. 여자는 왜 자기를 믿지 못하냐며 나무라지만 남자는 여자를 믿지 못하는 것이 아니라 술자리에 있는 남자를 믿지 못하는 거라고 대응한다. 남자니까 남자를 아는 것이다. 술기운이 올라 경계심이 약해진 상대를 어찌해 보려는 허튼 수작. 여자가 그러는 경우도 종종 봤다. 술은 잠재되어 있던 욕구를 해방하는 데 큰 힘을 발휘한다. 특히 식욕, 배설욕, 성욕, 수면욕 같은 일차적 욕구. 그런 욕구를 바탕으로 술집이 빼곡히 들어선 번화가 뒷골목

엔 어김없이 숙박업소가 자리 잡고 있다. 술집에서 식욕과 배설욕을 채웠으니 나머지 욕구를 채울 수 있는 공간을 마련해주는 것이다.

예전에 친구와 함께 장어로 유명한 가게를 간 적이 있다. 너무 외진 곳에 있어서 한참을 헤매고 있는데 저 멀리 모텔들이 즐비한 것을 보았다. 이런 후미진 곳에 웬 모텔이 이리 많이 생겼나 했더니 아니나 다를까 모텔 건너편에 서로 원조라며 장어집이 줄지어 있었다. 곧바로 장어의 효능을 확인해보라며 공간을 마련해주는 친절한 숙박업소들…. 머리도 참 좋다.

술을 이용한 수작이 꼭 남녀에게만 해당하는 것은 아니다. 지금은 많이 사라졌지만 한때 이것도 문화랍시고 접대문화라고까지 불렸던 접대에도 온갖 수작이 난무한다. 술자리에서 갑의 기분을 좋게 만들어 을이 원하는 것을 들어주도록 수작을 거는 것이 접대문화이다. 술 문화라고 해야 할지 회사 문화라고 해야 할지 애매하긴 하지만 어쨌든 문화라고 칭할 정도이니 당시에는 계약 체결을 위해 수작을 거는 술자리가 빠질 수 없었다는 뜻일 것이다. 이 수작이라는 단어가 참 재밌다. 본래 뜻은 '서로 술잔을 주고받는 것'인데 술잔을 주고받으며 얼마나 좋지 않은 행동들을 계획했으면 '수작 부린다'는 비하적인 의미를 지닌 말이 생기게 되었을까.

사라져 가는 회사 문화 중의 하나가 회식 문화다. 나는 회삿돈으로 맛있는 음식을 먹고 술도 마실 수 있어서 회식을 좋아했지만 싫어하는 사람도 적지 않았다. 특히 술을 못하는 사람들에겐 곤욕스러운 자리였을 것이다. 회식 자리에 가면 꼭 술을 강요하는 사람이 있기 때문이다. 첫 잔은 무조건 원샷이며 그 누구도 예외일 수 없다. 잔에 있는 술을 마시는 척만 하면 으레 술병을 들고 나타나 "마시고 받아야지"라며 반강제로 원샷을 시키는 사람도 있다. 나이가 지긋하신 분들은 아래 직원을 옆에 앉혀 놓고 자신이 마시던 잔으로 술을 따라 주기도 했다.

지금은 거의 사라진 이 잔 돌리기 문화에 대해 나는 위생상 나쁠지 몰라도 의도는 나쁘지 않다고 생각했는데, 자신이 높은 위치에 있다는 것을 보여주는 권위적인 행동이라는 의견도 있다. 상대가 싫어하는 걸 억지로 강요하는 건 그게 무엇이 됐든 사라지는 게 맞다. 이런 흐름에 맞춰 회사 복지에 '회식 없음'이라고 써넣은 회사들도 생겼다.

가끔씩 잠깐만 만나면 좋은 친구지만 자주 오래 만나면 웬수가 되는 술. 나는 술 같은 사람이 되지는 말아야겠다. 온종일 술에 대한 글을 썼더니 무척이나 술이 당긴다. 조만간 서울에 가서 사람들과 허튼수작 말고 좋은 수작 한번 부려야겠다.

억지로 술을
권하는
모든 사람에게는
술로
수작을 부리려는 의도가 있다.

온갖 방법으로 수작을 걸려는 사람과는

질내 술자리를 함께하면 안 띨지어다.

명불허전

名不虛傳

명성이나 명예가 널리 알려진 데는
다 그럴 만한 이유가 있음을 이르는 말.

허무를 먼저 가르친 시대

여러 SNS 중 내가 가장 많이 들여다보는 페이스북을 훑던 중 댓글에서 생소한 단어를 발견했다. '이생망'. 워낙 신조어가 우후죽순으로 생겨나는 통에 아재 소리를 듣지 않으려고 모르는 단어가 나오면 검색을 해가며 배우고 있는데 이생망은 처음 봤다. 하지만 굳이 검색해보지 않아도 뜻을 알 수 있었다. 평소에 나도 자주 하던 말이니까. 이번 생은 망했다는 말. 주변 사람들이 결혼은 언제 하냐고 물으면 이 말로 대답을 하곤 했는데, 아직 뭐든 할 수 있는 나이임에도 벌써부터 이번 생은 망했다고 말하는 건 비정상적인 시대에 대한 조소가 섞인 체념과도 같았다. '이제와 노력하면 뭐하나 어차피 망했는데'라고 생각하면 허무하지만 마음은 편하다. 더워 죽겠다, 추워 죽겠다 하는 것처럼 남발해서는 안 되는 말이긴 하지만 어쩌랴. 태어난 시대가 평범하게 살기조차 힘든 시대인 것을.

이런 불경기로 인해 생겨난 비관적인 신조어들이 부지기수다. 헬조선과 흙수저는 이미 사전에까지 실릴 정도로 관용적 단어가 되었다. 십 대 때부터 대학입시는 기본, 취업까지 고려해서 스펙 쌓기에 몰두하는 와중에 '십장생십 대도 장차 백수가 될 것을 생각해야 함'이란 단어가 생겼고, 예전의 '이태백이십 대 태반이 백수'이란 말은 '이구백이십 대 90%가 백수'으로 바뀌어 더 구체적으로 우울해졌다. 대학에서는 졸업예정자만 뽑는 대기업의 공채 자격 때문에 졸업을 미루고 5, 6학년이 된 학생들에 대해 '학사 후 과정'을 보낸다고 말한다. 뉴스에서는 졸업예정자를 실업예정자로 만들어버린 이 시대를 고용한파를 넘어선 '고용빙하기'라고 칭하기도 한다.

더 이상 분노할 힘도 없어 체념과 우울로 점철된 이 시대에도 호황인 곳이 있으니 바로 이 나라와 대기업이다. 말라비틀어진 서민들을 얼마나 쥐어짰으면 2015년에 비해 2016년에는 세금이 23조나 더 걷혔다고 한다.마른오징어도 꽉 짜면 물이 나온다던 영화 속 악덕 사채업자의 대사가 떠오른다 그러면서 대기업에겐 특혜를 주기 바쁘다. 법인세를 낮추고 수천억 원의 전기요금을 깎아준 것도 모자라 청년고용을 목적으로 정부 예산에서 거꾸로 수천억 원을 대기업에 직접 지원해준다. 하지만 정작 공채 채용 규모는 줄어들 뿐이고, 느는 것은 성과급 잔치 규모다. 대리급이면 성과급으로 차를 바꾸고, 팀장급이면 새 차를 하나 더 산다. 이런 실상이니 기를 쓰고 대기업에 들어가려고 하는 학생들의 마음도 이해가 간다. 하지만 많은 대기업들의 경력 우선 채용 방침으로 인해 청년들은 인턴으로 돌고 돌다 공채 지원 자격 나이를 넘기기 일쑤다. 열심히 일하려고 갔는데 수발부터 들라 해서 죽어라 수발들었더니 넌 일은 할 줄 모르고 수발만 드는구나 하며 인턴은 내쫓고 밖에서 일 할 사람을 뽑는 격이다. '딥빡_{매우 화가 나거나 짜증이 난다는 의미의 신조어}'이란 표현이 절로 나온다.

먹고살기 힘든 시대이기에 소비 습관이나 행태가 바뀌어 생긴 신조어도 있다. 가용비가 그것인데, 예전엔 가성비라고 하여 가격 대비 성능이 좋은 제품을 추구했지만, 이제는 성능 따위는 개나 주라 하고 가격 대비 용량이 큰 제품을 선호한다는 뜻이다. 시발비용이라는 말은 젊은 사람이라면 이제 누구나 알만한 신조어다. 모르는 사람들을 위해 설명을 보충하자면 에이 시발! 하면서 스트레스로 인해 홧김에 저지르는 지출을 말하는 것으로 스트레스를 받지 않았으면 쓰지 않았을 비용을 뜻한다. 쉽게 예를 들자면 짜증나는 상사 때문에 스트레스를 받아 술을 마시는 것이다. 이 행위는 스트레스 해소인 동시에 일종의 자기 위로다. 사회 생활을 하면서 쌓인 스트레스를 떨쳐버리기 위해 스스로에게 주는 선물이다.

최근 '욜로YOLO'라는 말이 유행했다. 'You Only Live Once'의 약자로, 직역하면 '네 인생은 오직 한 번뿐이다'라는 의미이다. 사실 영미권에서는 무모한 객기를 표현하거나 철없는 행동을 포장하는 용도로 자주 쓰인다고 한다. 영화 〈잭애스〉를 생각하면 이해하기 쉬울 듯하다. 쉽게 말해 욜로 하다가 골로 간다는 것이다. 우리나라에서는 '카르페 디엠오늘을 즐겨라'처럼 긍정적인 뜻으로 사용된다. 죽어라 돈 아껴 가며 저축하기보다는 너를 위한 여행을 떠나라고 충고할 때 쓰기 좋은 말이다. 물론 한 번뿐인 인생, 즐기며 사는 것이 좋다. 하지만 한탕주의는 경계해야 한다. 인생은 한 번뿐이지만 그 한 번은 생각보다 길다. '젊어서 노세~'라며 돈을 흥청망청 쓰면 늙었을 때 가진 거라곤 '텅장텅텅 빈 통장'뿐인 인생이 될 수 있다. 100세 인생 시대에 노후 걱정을 하지 않을 수 없다. 젊었을 때 죽어라 부은 국민연금도 이제 믿을 수 없게 되었다. '에라, 모르겠다'며 냅다 저지르는 삶을 부추기는 욜로보다 나는 '소확행小確幸'이라는 말을 더 좋아한다. '작지만 확실한 행복'이라는 뜻의 소확행은 일상에서 찾을 수 있는 실현 가능한 작은 행복에 초점을 맞춘다. 행복은 꿈처럼 크고 거창한 것에서만 찾을 수 있는 건 아니다. 나른한 오후, 책을 읽다가 따뜻한 햇볕을 쬐며 낮잠을 자는 것도 행복이다. 소확행이란 말은 무라카미 하루키의 에세이 《랑겔한스섬의 오후》에서 처음 사용된

말로, 갓 구운 빵을 손으로 찢어 먹을 때, 서랍 안에 반듯하게 정리된 속옷을 볼 때 느끼는 행복과 같이 일상에서 느끼는 작은 즐거움을 뜻한다. 소소하지만 일상 속의 행복인 것은 확실하다.

얼마 전 바깥을 돌아다니던 중 날씨가 너무 더워 백화점으로 대피했다. 1층을 한 바퀴 돌아보는데 평일 낮임에도 불구하고 명품관에는 사람들로 북적댔고 입구마다 검은 정장을 입은 남자들이 들어오는 사람들의 수를 통제하고 있었다. 한때 패션의 명소라고 불리던 압구정 로데오거리에도 그 거리만의 특색을 지닌 상점들은 사라지고 중고 명품관이 줄지어 들어서 있는 걸 본 적이 있다. 온라인 쇼핑몰에서는 명품백도 아니고 겨우 명품 브랜드의 쇼핑백이 싸게는 만 원에서 구하기 힘든 것은 몇십만 원까지 호가한다고 한다. 불경기에도 명품에 대한 열기는 식을 줄 모르는 것 같다.

돈이 많아 혹은 질이 좋은 것을 원해 명품을 사는 사람들은 인정한다. 딱히 명품으로 자신감과 자존감을 높이려는 사람들을 비판하려는 것도 아니다. 다만 내 인류애적인 오지랖으로 인해 걱정이 될 뿐이다. 자신을 나타내는 척도는 성품이지 명품이 아니다. 누구나 인정받으려는 욕구는 있지만 명품으로 사람을 평가하고 인정하는 시대는 지났다. 명품으로 인해 인정받으려고 한다면 갈증을 해소하기 위해 바닷물을 마시는 것과 같은 악순환이 반복될 것이다. 결국 허무한 마음과 후회 가득한 카드값 고지서만 남게 될지도 모른다.

'인생은 한 번뿐! 어차피 이번 생은 망했으니 있는 돈이나 다 쓰면서 행복을 누리자'는 말을 신조어로 바꾸면 아마도 '욜로! 이생망 탕진잼'이 될 것이다. 하지만 이런 행복은 일시적이다. 만족감은 잠깐이지만 허무함은 오래간다. 게다가 주기적으로 하기에는 비용 부담이 너무 크다. 행복을 찾다가 신용불량자가 되기 딱 좋다. 진정한 행복은 모험이나 위험을 동반하지 않는다. 항상 우리 근처에 얌전히 숨어 있다. 우리의 일상에서 행복을 찾는다면 소소하지만 잦은 행복감을 느낄 수 있을 것이다. 공허한 마음을 돈이나 명품이 아니라 일상 속 소소한 행복감으로 채워보는 건 어떨까….

명품이
불타나게 팔리는 것은 사람들의
허전한 마음 때문이다.

명품이 명품인 것은 그럴 만한 이유가 있겠지만

당신이 명품이 아닌 이유는 하나도 없을지어다.

교각살우

矯角殺牛

결점이나 흠을 고치려다 수단이 지나쳐 도리어 일을 그르침.

앞만 보고 달리는 경주마보다는 베짱이가 되고 싶다

어느 날이던가. 아침까지 술을 마시고 집에 들어가던 길이었다. 평일이라 지하철엔 사람들로 붐볐다. 사람들은 회사로 나는 집으로. 그때도 회사를 다니지 않았던 터라 지하철에서 바쁘게 출근하는 사람들을 보고 있노라니 뭔지 모를 우월감과 알 수 없는 소외감을 동시에 느꼈다. 예전에도 이런 적이 있었다. 광고회사 입사 전 같이 인턴 생활을 했던 동기들과 진탕 술을 마시고 아침에 술집을 나와 한 무리의 출근하는 사람들과 마주친 적이 있었다. 친한 동생은 그 무리들에게 들릴 듯 말 듯 소리를 질렀다. "야, 니네 출근하냐? 나는 술 먹고 집에 간다! 부럽냐?" 우리는 신나게 웃었지만 웃음의 끝은 씁쓸했다. 우리도 몹시 출근하고 싶었던 때였다. '다들 출근하느라 고생들이 많네. 나는 지금 집에 간다. 근데 나 혼자 이렇게 살아도 되나?' 하는 단순하기 짝이 없는 우월감과 소외감을 느끼고 있었다.

사회에 보탬은커녕 집에서도 식충이 노릇을 면치 못하는 신세가 한심했다. 그러나 한숨과 자책도 잠깐, 출근하는 사람들의 굳은 표정을 보니 부럽지는 않았다. 굳은 표정이라기보다 닫힌 표정이었다. 여유가 닫힌, 낭만이 닫힌 표정. 지하철 속의 그들은 각자 닫힌 표정으로 그저 살기 위해 음식을 먹는 듯한 공허한 눈을 하고는 하나라도 더 지식을 채우기 위해 스마트폰의 글과 영상에 매몰되어 있었다.

400여 년 전 F. 베이컨이 말한 '아는 것이 힘이다'라는 말이 아직도 통용되는 지식기반 사회에서 직장인은 한시도 쉴 틈 없이 정보를 머릿속에 욱여넣어야 한다. 정보는 쏟아져 나오고 트렌드는 하루가 다르게 변한다. 몸담고 있는 업계만 얘기했을 때 그렇다는 거고 사회, 경제, 정치, 문화, 국제정세까지 포함하면 하루 종일 뉴스만 봐도 시간이 부족하다. 지금 사회는 시공간을 초월하는 초능력자를 원한다. 역사와 현재, 미래를 꿰뚫고 글로벌 상황은 물론, 국내사회 전반적인 지식과 다각적인 안목, 사고를 가지고 있으면서 담당 업계에 대해서는 깊은 식견과 통찰력을 가지고 있는 초능력 인재 말이다. 알파고라도 하기 힘든 일이다. 이쯤 되니 괜히 베이컨까지 미워진다. 괜히 그딴 말을 지껄여서 우리의 삶을 팍팍하게 만드는가.

만약 아는 게 힘이 아니라면 이 사회는 어떻게 변했을까? 정직이 힘이라면? 선함이 힘이라면? 오히려 쉬는 것이 힘이라면? 노는 것이 힘이라면? 이런 눈부신 산업발전은 없었을 수도 있겠지만 지금보다는 더 사람 사는 세상 같지 않았을까? 무한 경쟁의 시대가 사람들을 오로지 앞만 보고 달리는 경주마로 만들어버리고는 이런 명언들을 책상에 써 붙이게 했다.

> 질주하는 말은 다른 경주마를 곁눈질하지 않는다.
> 다만 자신의 힘을 최대한 발휘하는 일에만 온 신경을 집중시킨다.
>
> - 헨리 폰다(미국의 명배우)

그러니 명언도 가려가며 받아들일 필요가 있다. 여기서 내가 좋아하는 명언 하나 소개할까 한다. 물론 모두에게 적용되지만 누구나 납득하는 명언은 아니다. 각자 삶의 방향대로 모토가 되는 걸 찾길 바란다.

> 예술가는 좀 게을러야 해.
> 그래야 이것저것 궁리할 시간이 많지.
>
> - 백남준(비디오 아트의 선구자)

이 얼마나 낭만적인 명언인가. 게을러야 시간이 많다는 것. 게으르면 항상 시간에 쫓기고 부지런해야 그나마 여유 시간이 있다고 생각했는데 예술가의 시간은 달랐다. 개미와 베짱이 우화 때문인지 현대인들은 게으름을 죄악같이 여긴다. 지금 생각해보면 개미는 직장인이었고 베짱이는 예술가였다. 개미가 한 여름 땀을 흘리며 일할 때 베짱이는 옆에서 연주를 해주었다. 이를 테면 흥과 능률을 높여주는 노동요를 불러준 셈이다. 베짱이는 개미에게 무형의 가치를 팔았고 그 대가로 겨울날 따뜻하게 보낼 수 있던 것이다. 베짱이는 베짱이대로 열심히 일을 한 거다. 여름 내내 팽팽 놀다가 추운 겨울 개미에게 빌어 먹는 게 아니란 얘기다. 일하지 않으면 게으름 피우는 것이라 결정짓는 이런 이분법적 사고가 1차원적 교육을 만들었고, 1차원적 교육이 사회를 이 꼴로 만들었다. 교육시스템에 적응하지 못한 열등생이 하는 변명이나 자기합리화라고 생각할 수도 있겠으나 적어도 난 그렇게 생각한다. 모난 돌을 정으로 때리는 얼어 죽을 교육이 문제라고 말이다.

내가 다닌 학교는 생긴 지 60년 가까이 된 전통 있는 명문이라고 홍보를 했지만 내가 볼 땐 그저 통제를 기반으로 한 일제 강점기 교육방식의 잔재였다. 등교할 때 깜빡 잊고 이름표를 달고 오지 않으면 어김없이 교문에서 몽둥이찜질을 당했고, 머리 길이, 교복 길이, 운동화나 가방의 색깔과 재질까지도 검열을 했다. 우열반도 존재했다. 우등반은 1반이었고, 열등반은 맨 끝 반이었다. 오로지 성적순으로 사람을 평가하고 그룹을 나누는 것도 싫었고, 학생은 감정도 생각도 없는 것처럼 의견도 묻지 않고 자기들끼리 결정해 명령하는 것도 싫었다. 이리로 가라고 채찍질하면 선택의 여지없이 그 길로 가야 하는 우리에 갇힌 가축이 된 기분이었다. 물론 가슴에 불을 지펴준 위대한 스승도 계셨다. 덕분에 지금까지 꾸준히 글을 쓰고 있다.

보통 선생은 지껄인다.
좋은 선생은 가르친다.
훌륭한 스승은 실제로 해보인다.
위대한 스승은 가슴에 불을 지피운다.

- 알프레드 화이트헤드(영국의 철학자·수학자)

성인이 되었다고 자유로운 건 아니었다. 회사에 다니면서도 '이랴' 하면 달리고 '워워'하면 서야 하는 하나의 장기 말이 된 듯한 기분을 느낀 적이 많았다. 사람을 그저 하나의 소모품으로 생각하는 관료주의적 시스템 때문에.

소 잃고 외양간 고친다는 속담이 있다. 그보다 더 나쁜 게 있다. 외양간은 문제가 없는데 나간 소가 잘못이라고 생각하는 것이다. 그게 현재 우리나라의 교육을 주도하는 윗사람들의 현실이 아닐까 싶다. 마지막으로 그들에게 들려주고 싶은 명언으로 끝을 내려한다.

그동안 우리에게 가장 큰 피해를 끼친 말은 바로

'지금껏 항상 그렇게 해왔어.'라는 말이다.

- 그레이스 호퍼(미국의 컴퓨터 과학자·해군 제독)

교육의 목적은
각자의 인생을 지혜롭게
살아가게 함이지
우리에 가두는 것이 아니다.

쇠뿔이 삐뚤어져도 소는 그대로 소지만

교육이 삐뚤어지면 희생들은 고욕을 치를지어다.

표리부동

表裏不同

마음이 음흉하여 겉과 속이 다름.

침묵은 금禁이다

무뚝뚝.

단어에서 심상이 느껴지는 말이다. 어원을 모르더라도 대충 어떤
느낌에서 생겨났을지 감이 온다. 아마 '맛도 맵싸한 무 주제에 / 잇자국
이 남도록 베어 문 인간적인 면도 없이 / 칼로 뚝뚝 썰어놓은 차가운 단
면 같다'는 뜻에서 생겨났을 것 같다. 한국에서는 많은 사람이 들어본
말일 것이다. 무뚝뚝하다. 감정을 내비치는 것을 속된 일로 여기던 유
교적 사상 때문일까? 먹고살기도 힘든 세상에서 감정을 표현하는 것을
낭비 혹은 사치라고 생각하는 사회 분위기 때문일까? 그도 아니면 표현
을 절제하는 것이 겸손의 가치이며, 침묵이 미덕이라는 통념 때문일까?
우리나라에는 표현하는 일에 인색하고 서툰 사람들이 참 많다. 나를 포
함해서. 두대체 뭐가 문제일까? 전체를 조사해볼 수 없으니 나 자신을
돌아보며 전체를 유추해보려고 한다.

유아기는 아마 다들 비슷했을 거로 생각한다. 배가 고프면 엉엉 울어 배고픔을 표현했을 테고 그 소리를 들은 어머니는 맘마를 주셨을 것이다. 기저귀가 찝찝해서 울면 기저귀를 갈아주셨을 테고 자다 깨서 울면 자장자장 자장가를 불러주시며 재워주셨을 것이다. 원하는 것을 표현하면 바로 해결해준다는 경험을 토대로 한 굳건한 믿음이 있었기에 표현에 거침이 없었을 것으로 짐작된다.

부모님의 말씀에 따르면 유년기의 나는 엄청나게 밝은 성격이었다고 한다. 어른들이 춤춰보라고 하면 무반주에도 엉덩이를 신나게 흔들어 대서 동네 어른들의 귀염을 받으며 자랐다고 했다. 어릴 적 아버지께서 다니시던 회사의 사내 행사에서 내가 노래를 불렀던 기억이 있다. 가족동반 모임으로 인원이 꽤 많았었는데 빼지 않고 목청껏 노래를 불렀다. 창피함, 부끄러움 따위의 감정을 알지 못했을 때였다. 어느 정도 크고 나서 부모님은 맞벌이를 하셨고, 부모님과 함께하는 시간이 적어졌기 때문인지 나의 감정 표현은 더 격해졌다. 그것이 부모님에게는 버릇없는 행동으로 보였던 것인지 내 감정 표현은 어리광 또는 생떼로 치부되었다. 그때부터 원하는 것을 표현하면 응답이 온다는 믿음이 깨지기 시작했다. 나는 표현의 대상을 찾지 못했고 오히려 표현하지 않는 것이 혼나는 것보다 나았고, 그것이 점점 익숙해지고 편해졌다.

내가 소심해지기 시작한 건 학창 시절 때부터였다. 선생님께서 칠판에 문제를 내시고는 "누구 나와서 이 문제 풀어볼 사람?" 하고 물으셨다. 나는 당당하게 손을 들고 나가서 문제를 풀었다. 그리고 틀렸다. 그때 선생님은 나를 때리지 말았어야 했다. 분명 풀어볼 사람을 찾았지 정답을 맞힐 사람을 찾던 것이 아니었지 않은가. 하지만 나는 맞히지 못해서 체벌을 당했다. 그때 선생님께서 "제대로 풀지도 못할 녀석이 뭐 이렇게 당당하게 손을 들었어?"라고 말했던 것이 기억난다. 이러한 사건들이 쌓이면서 조금씩 소심해진 것 같다.

모르면 가만히 있어야 한다는 것을 경험을 통해 배웠다. 발표는 잘 못했다가는 맞을 수도 있는 위험한 모험이었다. 중·고등학교에 올라가면서 그 생각은 확신으로 변했다. 나뿐만 아니라 대부분의 아이가 그렇게 생각했는지 발표 시간에 아무도 손을 드는 아이가 없었다. 하지만 먼저 손을 들고 발표하지 않아도 순서가 돌아오거나 지목을 당하면 발표를 할 수밖에 없었다.

선생님들은 먼저 발표를 하겠다고 손을 드는 학생이 없으면 "이거 풀어 볼 사람? 없어? 오늘 며칠이야? 5일? 5번, 15번, 25번, 35번, 45번, 나와서 풀어"라며 해당 날의 숫자가 들어가는 번호의 학생을 지목하여 발표시켰기 때문에 내 번호와 끝자리 숫자가 같은 날에는 과목마다 불려 나가서 맞지 않고 들어오면 정말 운이 좋은 날이었다. 발표는 잘해야 본전인, 이길 수 없는 도박 같았다. 질문에 대한 생각도 크게 다르지 않았다. 예를 들면 이렇다.

1. 수업과 관계없는 질문을 했을 때

"선생님, 직접 의문문과 간접 의문문의 차이를 모르겠어요."

"지금 to 부정사 하는데 그게 갑자기 왜 나와?"

"갑자기 생각이 나서요."

"아, 그래? 갑자기 생각났으니까 너도 갑자기 맞자. 나와."

2. 수업과 관계있는 질문을 했을 때

"선생님, to 다음엔 동사원형이 와야 한다고 하셨는데, 여기는 명사가 왔는데요?"

"그래서, 지금 나한테 따지냐?"

"아뇨, 궁금해서요."

"나도 네가 몇 대나 맞고 버틸 수 있을지 궁금한데? 나와."

당시 대부분의 선생님은 저런 반응이었다. 질문을 수업 방해로 간주하는 듯했다. 질문에 대한 대답을 몸으로 하셨다. 마치 못 때려서 안달 난 사람처럼. 누군가는 비약이 심하다고 생각할지 모르겠지만 오히려 많이 순화시킨 게 저 정도다. 간혹 질문하는 것을 긍정적으로 보는 선생님을 만날 때도 있었다. 그럴 때면 부정적인 반응은 친구들에게서 나왔다.

"선생님, 질문 있는데요."라고 손을 들고 질문을 하려고 하면, 친구들은 질문자를 방귀 뀐 사람 보듯 인상을 찌푸리고 야유하며 째려보기 일쑤였다. 수업 시간이 길어져서 그런 것도 있겠지만 그 당시 아이들에게는 질문 자체를 잘난 체하는 것으로 보는 성향이 있었다. 질문했을 때의 일반적인 반응이 이렇다면 그 누가 아랑곳하지 않고 선생님께 질문을 할 수 있을까? 그 당시에 질문을 하는 것은 잘난 체하며 선생님께 대드는 것과 다름없는 행동으로 간주되었다. 물론 이건 전적으로 내 경험에 의한 생각이다. 나와 다른 환경에서 자라 온 사람들은 당연히 이렇게 생각하지 않을 것이다.

흑백 무성 영화 같았던 학창 시절을 졸업하고 모든 것이 자유로운 대학 생활이 시작됐다. 머리 빡빡 밀고 다 똑같은 교복을 입던 남중, 남고를 나온 내가 자유로운 생활을 하려니 적응이 안 됐다. 고기도 먹어

본 놈이 먹는다고 갑자기 생긴 자유를 어쩌지 못하고 우왕좌왕하다 그곳에 갔다.

표현의 자유가 완전히 사라지는 곳. 개인의 감정은 철저히 배제되고, 표현해서도 안 되는 곳. 어떠한 의견을 피력해서도, 반론도 제기해서도 안 되는 곳. 개인의 개성이 인정되지 않는 곳. 모난 돌은 정으로 사정없이 때리는 곳. 그저 상명하복, 위에서 시키는 대로 잘 따르기만 해야 하는 곳. 바로 군대다. 그곳에서는 진리처럼 내려오는 말이 있다.

· 잘한다고 나서면 혼자 다 하게 된다.
· 가만히 있으면 중간이라도 간다.
· 거꾸로 매달아도 국방부의 시계는 간다.

결국 생각하지 말고 가만히 시키는 대로만 하라는 것이다. 나는 금방 적응했다. 경험해본 사람들은 알겠지만 시키는 대로 하는 것처럼 편한 것도 없다. 옳고 그름에 대한 고민도 없고, 정의로움에 대한 고민도 필요치 않았다. 고뇌의 회로를 끊어버리면 간단했다. 그저 식충이처럼 가만히 있다가 시키는 것만 하면 됐다. 부동자세가 그렇게 편할 수가 없었다. 그렇게 개성과 표현하는 법을 잊어버리고 사회에 나왔다.

회사는 출퇴근하고 월급을 더 많이 주는 또 다른 군대였다. 상명하복과 같은 프로세스의 결제라인. 회의시간은 자유로운 발언과 열띤 토론이 아닌 지시와 추궁의 시간이었다. 군대의 점호시간과 다를 바가 없었다. 모두가 표현의 자유를 억압한 교육과 사회 시스템의 피해자였고 그걸 깨닫지 못해 가해자가 되기도 했다. 그로 인해 다양한 연령과 분야에서 마땅히 해야 할 일을 제대로 하지 못하게 만들었다. 호기심을 쓸데없는 생각이라 여겨 창의력을 말살시켰다. 불합리함을 누구나 겪은 과정이라 생각하게 했다. 군납 비리를 묵인하게 했고, 뇌물을 못 본 체하게 했다. '나만 아니면 돼'라는 집단 이기주의를 야기했다. 사회를 살아가는 데 있어 가장 중요한 공감 능력과 분노하는 감정을 퇴화시켰다. 장님 3년, 귀머거리 3년, 벙어리 3년. 모두가 기득권의 며느리가 되어 시집살이를 하고 있었다.

한 번은 이런 일도 있었다. 2010년 서울에서 열린 G20 정상회의 폐막식의 기자 회견에서 당시 미국 대통령이었던 버락 오바마는 개최국인 한국 기자에게 먼저 질문권을 주었다. 하지만 손을 든 기자는 아무도 없었다. 오바마는 싸늘한 정적이 감돌자 영어 때문이라면 통역을 써도 좋다며 다시금 질문을 독려했다. 한 기자가 손을 들었다. 중국 기자였다. 오바마는 한국 기자에게 질문권을 먼저 주었기에 중국 기자의 질문 전에 한국 기자가 먼저 질문하기를 원했다. 질문하고 싶은 기자가 아무도 없는지 세 차례나 더 물었지만 결국 아무도 질문을 하지 않아 질문권은 중국 기자에게로 넘어갔다. 당시의 상황을 뉴스 기사와 영상으로 접한 나는 오마바의 어색한 웃음을 보며 민망함에 얼굴이 화끈거렸다. 우리나라 기자들의 무능함이 부끄러운 것이 아니었다. 내 단점을 들켜버린 듯한 창피함이었다. 내가 기자로 그 자리에 있었다고 해도 나 역시 눈치만 보다가 타이밍을 놓치고 중국 기자에서 질문권을 빼앗겼을 테니까.

이렇게 억압과 통제 속에서 살아온 우리가 감정을 솔직히 표현하고, 사람들에게 살갑게 대하는 게 쉬울 리가 없다. 평생 하지 않았던 일이기에 이상하고, 어색하고, 인색하기까지 한 것이다. 지금까지 내가 무뚝뚝한 것에 대해 남 탓, 환경 탓을 실컷 했다. 하지만 사회의 제도 속에 매몰되어 그 안에서 나오려 하지 않았던 내 탓도 적지 않다. 그게 더 편했으니까. 안 하던 것을 하는 것보다 하던 것만 하는 것이 훨씬 편했다. 그러다 보니 원래 뭐가 편한 것이고 뭐가 불편한 것인지조차 알지 못하는 상황이 되어버렸다. 감정을 표현해야 상대가 알고, 상대가 알아야 내가 원하는 것을 얻을 수 있다는 유아기에 깨달았던 가장 기초적인 것마저 잊고 있었다. 원하는 것이 있어도 표현을 못하니 힘들게 얻거나 대부분 얻지 못했다. 이게 정말 불편한 것이었다. 그걸 서른이 가까워져서 점차 알게 되었다. 지금은 어떤 것이 편한 것인지 잘 알기 때문에 최대한 표현을 많이 그리고 제대로 하려고 노력한다.

> 사람들이 말수가 적은 이유는 할 말이 없어서가 아니라 상대가 내
> 말에 관심이 없다고 생각하기 때문이다. 과묵함은 '성격'이 아니라
> 과거의 인간관계 속에서 기대가 무너져 생긴 '습관'이다.
>
> - 《대화의 심리학》, 마이클 니콜스

자신의 감정이나 생각을 남에게 말하지 않는 사람이 있다. 굳게 다문 입술은 그 사람의 믿음만큼이나 메말라 있다. 과거의 무관심으로 인한 상처가 그를 과묵하게 만들었다. 침묵이 상처 줄 일도, 받을 일도 없는 유일한 방법이긴 하지만 고통 없이는 얻는 것도 없듯이 소통 없이는 상대에 대해 알 수 있는 것도 없다. 과거의 기억으로 인해 스스로를 고립시키지 않았으면 한다. 굳이 감정을 공유할 필요는 없어도 스스로 감정을 토해낼 필요는 있다. 감정이라는 것도 유통기한이 있어 안에 묵혀놓으면 변질되고 썩기 때문이다. 눈물을 흘려 슬픔을 배출하면 카타

르시스를 느끼듯이 감정도 배출해야 내면이 정화된다. 표현했을 때 상대방의 반응을 두려워할 게 아니라 내 감정이 부패하는 것을 두려워해야 하지 않을까. 때로 진심이 통해서 사람들이 내 감정을 알아주는 건 덤이다.

자신을
표현하지 않는
이(레)는 인생을
부동자세로 사는 것과 같다.

자신에게 있는 표현 욕구를 숨기지 않고 드러내면

결코 겉과 속이 다른 삶을 살지 않을지어다.

어부지리

漁父之利

조금도 거침없이 빨리 진행됨을 이르는 말.

금붕어보다 못한 집중력?

출근 시간, 나는 사람들을 관찰하는 것을 즐긴다. 사람들은 대부분 다른 곳을 바라보고 있지만 하는 행동은 비슷하다. 바로 각자의 스마트폰을 보는 일이다. 버스나 지하철을 타면 모두 스마트폰으로 무언가를 읽거나 보거나 게임을 한다. 대중교통뿐만 아니라 운전을 하다가도 잠시 정지 신호에 걸리면 그 틈을 타 스마트폰을 확인한다. 심지어는 엘리베이터에서조차 그렇다. 좁은 공간에 모르는 사람과 함께 있는 것이 어색해서 그럴 수도 있지만 아무것도 하지 않고 있는 것을 잠시도 견디지 못한다는 것도 하나의 이유다. 나 역시도 그렇다. 사람들을 관찰하는 일이 지루해지면 스마트폰을 꺼낸다. 귀로는 라디오나 팟캐스트 방송을 들으면서 눈으로는 SNS를 통해 지인들의 소식을 보거나 뉴스 기사를 확인한다. 조금의 시간이라도 허투루 보내지 않고 효율적으로 쓰려는 욕심이지만 한 번에 두 가지 일을 하지 못하는 나로서는 둘 중 하나도 제대로 뇌에 입력시키지 못한다. 두 마리 토끼를 쫓으려다 둘 다 놓치는 격이다. 한 번에 두 가지 이상의 일을 동시에 처리하는 것을 흔히들 멀티태스킹이라 말한다. 멀티태스킹은 과학의 산물이며 기계의 기능이다. 어째서 사람이 기계의 기능을 따라 하는 것일까? 정보화 시대는 정보력이 힘이고 속도가 관건이다. 쏟아지는 정보의 속도를 따라가려다 보니 한 번에 여러 가지 일을 할 수밖에 없다. 빠르게 돌아가는 시대에 뒤처질지도 모른다는 불안감 때문일 수도 있다. 특히 회사에서 멀티태스킹의 압박은 더 심해진다. 신입사원 A의 일상을 따라가 보자.

취업난을 뚫고 힘들게 입사한 신입사원 A 씨는 열의가 넘친다. 하지만 주 52시간 근무로 일할 시간은 줄어들고 해야 할 일은 점점 늘어난다. 신입사원의 경우 내 일은 내 일, 남의 일도 내 일이라고 생각하는 게 마음 편하다고 선배가 귀띔해주었다. 윗사람들은 쉬운 일은 쉽다고 시키고, 귀찮은 일은 귀찮다며 시키고, 어려운 일은 경험 삼아 해보라며 시킨다.

일은 사무실에서 처리하는 서류 업무로 끝나지 않는다. 현장에 직접 나가 몸으로 부딪히며 배워야 빨리 배운다며 현장에도 내보낸

다. 그뿐 아니라 협력사에서 날아오는 각종 이메일에 전화까지 몸
이 하나인 게 원망스럽다. 한 번에 하나씩 일을 하다간 오늘 내로
집에 갈 수 있을 것 같지가 않다. 이렇게 일을 많이 시키려고 회사
에서 친절하게도 듀얼 모니터에 노트북까지 지급해줬나 보다.

바쁘게 일하는 회사원들에게는 위의 예시가 자신에게도 익숙한 일
상일 것이다. 10년 전, 내가 사회 초년생이던 때의 경험을 약간 각색한
것이지만 현재 신입사원의 고충도 별반 다를 게 없다고 한다. 앞서 말했
듯 나는 한 번에 두 가지 일을 제대로 하지 못한다. 하지만 회사 생활을
하면서 억지로 그 능력을 키워야 했고, 지금은 그 습관이 부작용으로 남
아 있다. 한 번에 한 가지 일만 하면 오히려 왠지 모를 불안감에 휩싸여
집중이 안되고 정신이 산만해진다. 한 가지 일만 하고 있으면 시간을 낭
비하고 있는 것 같은 기분에 뭔가 여러 가지 일을 동시에 해야만 할 것
같은 기분에 휩싸인다. 이것은 인간이 디지털의 기능을 모방하려다 생
긴 주의력 결핍 장애의 일종이라고 생각된다.

신입사원으로 작은 광고회사에 다닐 때 나는 여러 가지 일을 처리
해야만 했다. 잡지 에디터와 마케터를 동시에 하고, 광고 카피라이터와
AE의 일까지 도맡아 해야 했다. 그러면서 낮에는 사무실에서 업무를 보

고, 밤에는 현장에 가서 광고물 설치와 철거까지 신경 써야 했기 때문에 몸이 세 개라도 부족했다. 카피라이터가 되기 위해 들어간 회사에서 4~5명분의 일을 하다 보니 자연스레 멀티플레이어가 되어 있었다. 잠은 하루에 겨우 서너 시간을 잤고 그마저도 출퇴근 시간이 아까워 사무실에서 쪽잠을 자며 기계처럼 일만 했다. 그러다가 조금 더 큰 종합광고 대행사로 회사를 옮기니 멀티플레이어가 될 필요가 없었다. 카피라이터로서만 일하면 됐다. 한가할 때에는 하루에 하나의 광고만 생각하면 됐다. 드디어 일에 집중할 수 있는 시간적 여유가 생긴 것이다. 과제를 받고 이런저런 자료를 찾고 생각을 하다가 도저히 떠오르는 게 없으면 에라 모르겠다며 일거리를 한곳에 밀어 두고 딴짓을 했다. 그러다 회의 시간이 점점 다가오고 불안, 초조해지면 문득문득 좋은 아이디어들이 떠올랐다. 역시 사람은 '데드라인에 쫓기면 초인적인 힘이 나오는구나' 싶었다.

나는 놀아도 다급해지면 뇌가 알아서 일을 해주는 것일까? 아니다. 데드라인에 가까울수록 불안과 스트레스는 강해진다. 밥을 먹으면서도, 길을 걸으면서도, 대화를 하면서도, 술을 마시면서도 머릿속 한편에는 아이디어에 대한 고민이 자리 잡고 있다. 지금 몸이 무슨 일을 하든 무의식중에 온통 아이디어 고민만 하고 있던 것이다. 오감을 통해 들어오는 다양한 정보 중 아이디어가 될 만한 소재를 뇌가 찾고 있었다. 그러느라 조금 전 나눈 대화 내용도 잘 기억하지 못했다. 이것이 나처럼 멀티태스킹이 잘되지 않는 사람의 한계다.

CPU의 멀티프로세서와 달리 사람의 뇌는 하나라서 동시에 여러 일을 하기 힘들다. CPU도 동시에 데이터 처리를 하는 것처럼 보이지만 엄밀히 말하면 순차적으로 번갈아 가면서 데이터를 처리하는 것이다. 게다가 뇌는 CPU처럼 빠르게 일을 전환하지 못한다고 전문가들은 말한다. 이 일을 하다가 저 일을 하기 위해서는 뇌가 인지하고 집중하는 데 많은 시간이 소요되어 오히려 비효율적이라는 것이다. 그러니 어떤 일에도 제대로 집중하기 힘들게 되는 것이다. 뇌에 과부하가 걸리는 것도 당연했다. 이것이 번아웃 증후군의 전조 증상이 될 수도 있다.

정신과 의사이자 하버드대학교 의과대학 교수인 에드워드 할로웰은 2006년 《타임》지를 통해 멀티태스킹으로 인해 뇌가 과부하 상태에 놓이면 정신 건강, 일의 능률, 생산성 향상 등에서 여러 부정적인 심리 현상을 보인다고 지적했다. 그는 일 중독에 빠져 있으면서도 주의력 결핍 증세를 호소하는 환자들이 최근 10년 새 10배나 증가했다고 밝혔다. 이 증세를 호소하는 환자들은 대체로 초조한 성격 때문에 치밀함과 생산성이 떨어졌다고 한다. 2009년 스탠퍼드대학교 연구진은 아예 인간은 멀티태스킹을 하는 것이 불가능하다고 단정 지어 말했다. 2015년에 발표한 마이크로소프트의 연구 결과를 살펴보면 2000년에는 12초였던 인간의 평균 주의 집중 시간이 15년 후에 8초까지 떨어졌다는 사실을 알 수 있다. 연구진은 그 이유를 멀티태스킹에 있다고 꼽았다. 놀랍게도 금붕어의 주의 집중 시간은 무려 9초다. 인간의 주의 집중 시간이 금붕어보다 1초가 짧아진 것이다.

'맥킨지 & 컴퍼니'의 보고서에 따르면, 멀티태스킹은 "인간의 생산성과 창의성을 떨어뜨리고 또 적절하게 결정할 수 있는 가능성을 감소시킨다"라고 한다. 또한 심리학자인 윌슨 박사의 멀티태스킹 실험 결과에 따르면 한 가지 일에만 집중하며 학습할 때는 해마가 사용되고, 멀티태스킹을 할 때는 선조체가 사용된다고 한다. 선조체는 해마보다 유연함이 부족해서 지식을 일반화하기 쉽지 않다. 즉, 멀티태스킹을 하며 얻은 지식은 기억에 깊이 새겨지지 않는다는 뜻이다. 유니버시티 칼리지 런던의 연구진은 멀티태스킹을 자주 하다 보면 감정이입이나 의사 결정에 장애를 초래한다고 주장했다.

잠깐 찾은 정보만 해도 이 정도다. 멀티태스킹의 부작용은 이것 말고도 수없이 많다. 한 번에 여러 가지 일을 하면 효율적인 결과가 나올 것이라고 생각하지만, 여러 연구를 살펴보면 멀티태스킹이 오히려 업무 시간을 늘리고 뇌의 운용에도 효율적이지 않은 것으로 나타났다.

멀티태스킹은 어쩌면 컴퓨터의 오버클록과 비슷하다는 생각을 했다. 오버클록은 컴퓨터 프로세스를 설계된 것보다 강제로 더 높은 클록 속도컴퓨터 프로세서의 동작 속도로 동작할 수 있게 만드는 것을 말한다. 오버클록을 하면 컴퓨터의 성능이 올라가지만, 수명을 떨어뜨리는 결과를 가져온다. 사람의 뇌는 과부하가 걸리면 기능이 떨어진다. CPU가 고장 나면 교체하면 되지만 우리의 뇌는 하나다. 무리하게 사용하는 것이 좋을 리 없다.

뇌는 쓸수록 개발된다고 하지만 한 번에 여러 가지 일을 하는 멀티태스킹은 뇌를 지치게 한다. 어떤 것 하나에도 제대로 집중할 수 없는 이 주의력 결핍 장애는 나를 포함한 현대인에게 많이 나타나는 새로운 질병으로 떠오르고 있다. 많은 이들이 스마트폰으로 통화를 하거나 노래를 듣는 동시에 게임 또는 SNS를 한다. 그만큼 우리는 의식하지 않는 사이에 여러 가지 일을 동시에 처리하고 있다는 것이다. 만일 당신이 사람과 만나 대화를 하면서도 TV에 눈이 가고 휴대폰을 만지작거리거나, 한 번에 하나의 일만 할 때 불안에 휩싸이게 된다면 멀티태스킹 중독을 의심해봐야 한다. 나중에는 제대로 집중하는 방법조차 잊게 될지도 모른다. 사람을 만날 때만이라도 잠시 스마트폰을 손에서 내려놓자. 출·퇴근 시간에는 책을 읽거나 눈을 감고 노래를 듣자. 일도 한 번에 하나씩 집중해서 처리하자. 그리고 집에 와서는 제발 쉬자. 몸도, 마음도, 그리고 우리의 고단한 뇌에게도 쉼이 필요하다. 뇌에게 가장 좋은 휴식은 수면이라고 한다. 오늘 하루 고생한 뇌를 위해 일찌감치 푹 자자. 뇌가 고맙다며 좋은 꿈으로 보답할지도 모른다.

어렵고 복잡한 일을
부지런히 처리한 뇌에게는
리셋할 시간이 필요하다.

한 번에 하나씩, 그리고 푹 쉬는 시간을 주면

뇌가 집중력과 아이디어라는 두 가지 선물을 줄지어다.

일사천리

一瀉千里

조금도 거침없이 빨리 진행됨을 이르는 말.

모로 가도 내 길만 가면 된다

"제자리, 준비, 땅!"

어릴 적 가장 떨리던 순간이 있었다. 만국기 펄럭이는 운동회의 달리기 시합. 선생님이 화약총을 머리 위로 들면 발로 뛰기도 전부터 심장이 멋대로 쿵쾅대며 먼저 뛰기 시작했다. 땅! 화약총에 연기가 일면 이를 악물고 내달렸다. 팔을 힘껏 젓고 발로 땅을 차며 달렸지만 마치 제자리를 뛰는 것처럼 결승선은 좀처럼 가까워지지 않았다. 뛰는 내내 상상했다. 내 안에 잠재되어 있던 초인적인 힘이 발휘되어 바람 같은 속도로 대역전극을 만드는 상상. 하지만 현실은 역시나 상상을 인정하지 않았다. 결승선에 들어오면 순위대로 손목에 숫자 도장을 찍어줬다. 손목에 ①이라는 도장을 받은 아이는 공책 5권, ②라는 도장을 받은 아이는 공책 3권, ③이라는 도장을 받은 아이는 공책 1권을 부상으로 받았다.

221

나는 도장도, 공책도 받지 못했다. 아이들이 빵보다 빵 봉지 속에 함께 들어 있는 스티커에 더 혈안이 되어 있듯 나도 공책보다 손목의 숫자 도장이 더 부러웠다. 아이들은 서로 손목의 숫자를 보이며 몇 등이라고 자랑을 했다. 부족한 달리기 실력 때문에 나는 그 친구들 사이에 낄 수 없었고, 공책 한 권 받을 자격이 없는 사람이 되었다. 다음엔 꼭 손목에 도장을 받겠다고 다짐했다. 이를 악물고 달려도 안 되는 실력이었기에 이를 갈며 연습을 해도 가능성이 크지 않았을 텐데 나는 어릴 적부터 참 느긋한 성격이어서 다음 운동회가 다가올 때까지 연습도 하지 않고 어영부영 시간을 보냈다. 달리기 시합을 앞두고 또다시 심장이 먼저 나대기 시작했다.

'이번에야말로 꼭 도장을 받아야지.' 연습도 안 한 주제에 도둑 심보가 발동했다. 빈주먹을 꽉 쥐고 뛰기 시작했다. 역시나 순위권에 들기는 힘들어 보이던 그때 내 앞에 달리던 친구가 철퍼덕 엎어졌다. 짧은 순간이었지만 고민을 했다. 일으켜줄까? 아니면 그냥 달릴까? 내 앞에는 두 명이 달리고 있었다. 그대로 달리면 도장을 받을 수 있다. 눈을 질끈 감고 계속 달렸다. 결국 내 손목에는 원하던 숫자 도장 ③이 찍혔고, 손에는 공책 한 권이 들려있었다. 울면서 절뚝거리며 결승선으로 들어오던 친구의 손과 무릎에는 피가 촉촉하게 맺혔었다. 차마 친구 얼굴을 보기 민망해 친구가 지나쳐 갈 때까지 애꿎은 손목에 찍힌 도장만 쳐다보고 있었다. 그때부터였을까? 나는 경쟁을 그다지 좋아하지 않게 되었다. 경쟁에서 좋은 성적을 거두지 못할 거라 내심 단정하고 끼어들지 않았다. 컴퓨터 게임을 하더라도 어떤 친구는 지기 싫어서 밤새 연습을 하기도 했지만 나는 그저 함께하는 데에 의미를 두었고, 재밌게 즐겼으면 그뿐이라고 생각했다. 아니, 그렇게 자기합리화를 했다. 그렇게 모든 경쟁에서 트랙 옆 관중석으로 조용히 물러나 있었다. 나는 그곳에 있는 것이 더 마음이 편했다.

크면서도 생각과 행동은 크게 변하지 않았다. 그래서인지 뭘 해도 특별히 잘하는 게 없었다. 남들보다 잘 못한다고 해서 기분이 나쁘지 않았고, 이기고 싶다는 경쟁심 또한 일지 않았다. 뭘 해도 열정이 생기지 않았다. 그런 안일함은 어느 순간 불안함으로 바뀌었다. 어떤 일을 해서 먹고살지 걱정이 되기 시작했다. 그러다 어릴 적 막연한 꿈으로 도전했던 카피라이터에서 불씨를 발견했다. 재미있고, 잘하고 싶고, 남에게 지기 싫은 열정의 불씨. 잘했다며 칭찬받았던 거의 최초의 일이었고, 남보다 못하다는 평가를 받았을 때는 못 견디게 억울하고 분했다. 나보다 잘하는 사람을 보면 부럽고, 이기고 싶었다. 항상 아웃사이더였던 내가 경쟁의 한복판에 뛰어들었다. 지금은 내 불씨의 발원지가 '카피^{copy}'가 아니라 '라이터writer'에 있었음을 깨달았지만 그때는 몰랐다. 처음 몇 년 동안은 광고의 '광廣'이 미칠 '광狂'으로 보일 정도로 빠져 살았다. 일부러 광고적으로 생각하고 행동하려고 애썼다. 모든 계획과 일정이 광고와 맞닿아 있었다. 타는 목마름을 해갈하듯 관련 서적을 탐독했고, 자료를 모았다. 관련 강연과 행사를 찾아다니며, 광고 인맥도 만들었다. 마이너로 시작했지만 메이저가 되고 싶었다. 대한민국 광고계에 한 획을 긋는, 이름만 대면 누구나 '아~ 그 사람!' 하고 다 아는 그런 유명인이 되고 싶었다. 야망으로 똘똘 뭉쳐 있던 시절이었다.

그렇게 광고 하나만 보고 달려가다 보니 시야가 좁아졌다. 내 주위를 보지 못했다. 가족들, 친구들과 점점 멀어지고 있었다. 가족과 한 끼 식사도 못하면서 직장 동료와는 일주일 내내 함께 밥을 먹었다. 설날에 출근해서 인스턴트 떡국을 먹는 대표님을 보고 '저게 성공한 내 미래의 모습인가?' 하는 자괴감이 들었다. 몸도 돌보지 못했다. 제때 자고, 제때 먹지 못하니 병을 서너 개씩 달고 살았다. 검진 결과에 심각한 병명이 나올까 봐 건강검진일이 가까워질수록 겁이 났다. 나만 그런 게 아니었다. 광고계 사람들 대부분이 그랬다. 그래서 그게 당연한 줄만 알았다. 그게 광고인의 훈장이며 피할 수 없는 숙명인 줄 알았다. 그게 프로의 자세라고 생각했다. 그런 사명감으로 버텼다. 좋아서, 신나서 하던 일이 어느 순간 버티는 일로 전락했다. 여기서부터 균열이 생겼다. 나와 동료들은 '무슨 부귀영화를 누리겠다고 이 고생을 하는지 모르겠다'는 말을 입에 달고 살았다. 매일 같이 이어지던 야근과 결론 없는 회의, '광고에는 정답이 없다'고 하지만 정답을 바라는 업계의 관행과 시스템. 돈 준다고 언제든, 무엇이든 시키던 광고주의 갑질. 먼 약속은 둘째 치고, 당장 오늘의 퇴근 시간조차 가늠할 수 없는 무력감. 평생의 업이라고 여겼던 광고가 싫어졌다. 광고계에 한 획을 긋고 싶었는데 이미 붓의 먹이 말라 버렸다. 중요한 것 때문에 소중한 것을 잃고 싶지 않았다. 점점 구심력보다 원심력이 강해졌고 결국 튕겨 나왔다.

기세 좋게 광고회사를 그만두고 글을 쓰기 시작했다. 불씨의 발원지에 찾아가 불을 활활 키우고 싶었다. 하고 싶던 일이고 좋아하는 일이었지만 역시나 쉬운 일은 아니었다. 불을 키울 땔감이 부족했다. 카페에서 빈 화면만 몇 시간씩 들여다보다가 빈 페이지만 저장하고 돌아오기 일쑤였다. 당장 수입이 없는 것도 힘들었다. 돈이 없으니 불안하고 비참해졌다. 남자 친구로서, 선배로서, 아들로서, 삼촌의 역할도 잘하지 못한다는 자책감이 들었다. 가족, 친구를 비롯한 모든 속세와 잠깐 연을 끊고 외딴곳에서 창작 활동에 전념하고 싶었지만, 나는 그렇게 모질지도 못했다. 게다가 아버지께서 정년퇴임을 하셔서 집에 돈을 버는 사람이 한 명도 없었다. 냉정한 점검이 필요했다. 과연 당장 전업 작가로 살수 있을 것인가? 지금 전업 작가로 살기 위해서는 무식한 용기와 우직한 끈기가 필요했다. 몇 달 동안 시도해 본 결과 나는 용기도 끈기도 부족했다. 지금은 전업 작가로 살기 어려워 보였다. 전업 작가의 길이 어차피 가야 할 길이라면 욕심내지 않고 천천히 가기로 했다. 광고 일도 무리하게 욕심내다가 제풀에 지쳐서 그만뒀으니 다시 똑같은 실수를 하고 싶진 않았다. 불씨를 내려놓고 땔감을 먼저 모으기로 했다.

천천히 가기로 정하니 마음이 편해지고 시야가 넓어졌다. 맑은 하늘도 보이고, 예쁜 꽃도 보였다. 주변의 가족과 친구, 망가진 내 몸도 보였다. 끊었던 운동을 다시 시작했다. 돈도 벌어야 했다. 다시 광고회사에 들어갔다. 광고 일을 좋아해서 다시 시작한 것이 아니다. 여러 가지 아르바이트를 해보았지만 내가 할 수 있는 일 중 가장 월급을 많이 받을 수 있는 게 광고 일이었기 때문이었다. 대신에 예전처럼 포탄이 쏟아지는 최전방에서 치열하게 싸우지는 않기로 했다. 영웅이 될 가능성은 적지만 비교적 안전하고 조용한 후방으로 물러났다. 광고인의 숙명과 사명감 따위도 이제 없었다. 대한민국 광고계에 한 획을 그을 사람은 나말고도 많다. 굳이 내가 되지 않아도 이젠 괜찮다. 치열한 경쟁에서 물러서기로 했다. 인생을 치열하게 사는 사람이 잘못되었다고 말하는 게 아니다. 치열하게 노력한 사람 중 누군가는 영광스럽고 명예로운 자리에 오르고 그동안의 노력과 고생에 대한 합당한 대가도 얻을 것이다. 그게 나였어도 좋겠지만 이제 그런 영광이 더 이상 소중하지 않다. 모두가 1등으로 살 수도 없고, 그럴 필요도 없다는 사실을 깨달았을 뿐이다. 빨리 뛰는 사람이 있으면, 천천히 걷는 사람도 있다. 만화가 이현세는 같은 업계에서 천재를 만났을 때는 길을 비켜 먼저 보내주는 것이 상책이라고 했다. 10년이고 20년이고 할 수 있다는 생각으로 꾸준히 걷다 보면 어느 날 멈춰버린 그 천재를 추월해서 지나가는 자신을 보게 된다고 했다. 이미 많은 사람이 나를 추월해 지나갔다. 나와 같이 광고를 시작했던 동료들도 대부분 메이저 회사에서 높은 연봉을 받으며 잘 나가고 있다. 하지만 대부분 나를 부러워한다. 칼퇴를 한다는 것 하나만으로도 나는 부러움의 대상이 되었다. 이렇게 세상은 모순되고 부조리하다.

"일도 열심히! 연애도 열심히! 쉬기도 열심히!"

나름 한 분야에서 성공했다는 사람의 강연에서 나온 말이다. 슬쩍 듣기엔 좋아 보인다. 모든 일에 최선을 다하는 사람처럼 느껴진다. 하지만 매사에 목적성을 가지고 억지로 하는 듯한 느낌이 드는 것도 부정할 수는 없다. 사람의 체력과 기운은 한정적이다. 모든 것을 다 열심히 할 수는 없다. 그러다 탈진한다. 그런 현상을 바로 번아웃 증후군이라고 한다. 의욕적으로 일에 몰두하던 사람이 극도의 신체적, 정신적 피로감을 호소하며 무기력해지는 현상이다. 전력을 다하는 성격의 사람에게서 주로 나타난다. 다 똑같던 '열심히'를 이렇게 바꿔보면 어떨까?

"일은 차근히, 연애는 나긋이, 쉼은 느긋이."

의욕과 박력은 없지만 삶을 제대로 즐긴다는 느낌이 있다. 내가 원하는 삶이 이런 것이다. 일은 돈을 벌기 위해서라는 목적이 있을 수 있지만 연애와 쉼은 목적을 두지 않는다. 좋아하니까 연애하고, 피곤하니까 쉬는 거다. 얼마나 자연스러운가? 누군가 이런 태도와 정신상태를 글러 먹었다고 힐난할지도 모르겠다. 물론 마냥 배울 만한 것은 아니다. 하지만 그렇게 사는 게 나에게 맞는다는 확신이 든다. 그게 나답다. 자세나 정신은 곧 행동으로 나타난다. 행동의 결과는 자기의 책임이다. 그 책임만 진다면 빨리 가든 천천히 가든 다 괜찮지 않을까? 사람마다 자기만의 길이 있고 자신만의 속도가 있다. 남의 길과 남의 속도를 부러워할 필요는 없다. 내가 가는 길이 바로 내 길이니까.

자신의
일생에서
사람들은 누구나
천천히 갈
권리가 있다.

거침없이 빨리 가는 것 말고,

느긋하게 천천히 가는 것도 괜찮은 삶이리라.

5장 내 속도대로 걷자

살신성인

殺身成仁

자기의 몸을 희생하여 옳은 도리를 행함.

맛있게 먹으면 0칼로리

'어제 한순간의 유혹을 이기지 못해 오늘 아침 체중계 위에서 한숨을 쉬었다. 아침을 먹고 잠들 때까지 물 외에는 어떤 것도 먹지 않는 고난의 1일 1식 중인데 어제는 라면이 너무나 당겨 모두 잠든 새벽 2시, 컵라면에 뜨거운 물을 붓는 죄악을 행하고야 말았다. 죄책감의 무게만큼 체중계의 무게가 늘어나 있었다. 힘겹게 허기를 참고 견딘 며칠간의 고난이 어제 느꼈던 단 5분의 쾌락으로 인해 순식간에 사라지게 되었다. 험난한 다이어트 여정이 몇 주 더 늘어버렸다.'

그랬었다. '그랬었다'라고 쓰는 이유는 위의 '일'이 과거라서가 아니라 위와 같은 '생각'이 과거이기 때문이다. 쉽게 말하자면 다이어트에 대한 생각이 바뀌었다는 뜻이다. 몸무게는 불어 가는데 운동할 시간은 부족해 몇 달 전부터 1일 1식 다이어트를 하기로 했다. 일주일간 배고픔을 참아 가며 탄수화물과 칼로리를 줄이면 몸무게도 2~3kg씩은 줄어 있었다. 이렇게 몇 달만 더 고생하면 원하는 몸무게에 도달할 테고 그러면 그동안 참았던 음식들을 마음껏 먹으려고 했었다. 하지만 입에 침이 마르도록 현재를 살라고 떠드는 내가 날씬한 미래를 위해 지금을 포기한다는 게 납득이 되지 않았다. 더구나 위의 단순한 방법을 실행한다고 해서 날씬한 미래가 보장되는 것도 아니었다. 게다가 날씬한 미래가 나에게 어떠한 행복을 가져다줄지도 의문이었다. 맞지 않던 옷을 입는 것? 잃어버렸던 날렵한 턱선과 복근을 되찾는 것? 노출의 계절에 맘껏 몸매를 뽐낼 수 있다는 것? 하지만 나는 일단 옷 자체가 많지 않고 패션 감각도 꽝이기 때문에 맞지 않는 옷을 포함해도 예쁜 옷은 거의 없다. 또한 턱선과 복근을 찾아도 그걸 자랑할 사람도 없거니와 몸짱이 널린 세상에 비루한 몸을 뽐내봐야 번데기 앞에서 주름잡는 격이다. 이런 그다지 행복이라고 느끼기 힘든 것들과 맛있는 음식을 먹는 행복을 저울질해 보니 당연히 맛있는 음식을 먹는 행복이 몇 곱절 무거워 반대편의 날씬한 미래는 저 멀리 날아가 버렸다.

길티 플레져guilty pleasure라는 용어가 있다. 죄의식을 느끼지만 즐거운 일이라는 뜻인데 모델이나 다이어터들에게는 칼로리 높은 음식이나 디저트가 그것이라고 한다. 먹고는 싶지만 그동안 힘들게 다이어트를 한 자신에게 너무나 미안한 행동이기에 이런 웃기고도 슬픈 단어가 생겨난 게 아닐까? 나도 이 때문에 매일 밤 잠자리에 누워 고민했다. 배가 고파 잠은 안 오고 냉장고와 찬장 서랍에 먹을 것이 있는데 먹느냐, 참고 자느냐 이것이 문제였다. 이런 고민으로 몇 달을 씨름하다가 길티 플레저에서 길티를 지우기로 했다. 안 그래도 남 눈치 안 보고 살 수 없는 세상, 내 눈치까지 보며 죄도 아닌 거로 죄책감을 느낄 필요가 뭐 있겠냐는 결론을 냈다.

먹는 것은 죄가 아니다. 먹으면 살이 찐다. 먹는 것이 죄가 아닌데 살찌는 것이 죄일 리 없다. 죄라면 살찐 사람을 폄하하는 것이 죄다. 예로부터 뚱뚱한 사람 치고 나쁜 사람 없다고 했다. 내 경험으로 비추어봐도 크게 틀린 말은 아니다. 모두 외모처럼 푸근하고 넉넉한 성격을 지녀 같이 있으면 편안하기 그지없었다. 이런 좋은 사람들이 무슨 죄인가. 최근의 어떤 연구 결과에 따르면 마른 사람보다 약간 살찐 사람이 더 건강하고, 더 오래 산다고 한다. 잘 먹어서 성격 좋고 건강하며 정신적으로 예민하지 않은 이들이야말로 최고의 배우자감이 아닐까. 물론 아닌 사람도 있을 수 있다. 이건 전적으로 내 경험에 따른 개인적인 생각이다.

다이어트의 이유를 물으면 많은 사람이 어이없다는 듯 당연히 살을 빼기 위함이라고 말한다. 그러나 살이 빠지는 것은 다이어트의 결과지 이유가 될 수 없다. 돈을 왜 버냐고 물었는데 부자가 되려고 번다는 것과 같은 대답이다. 목적이 명확해야 결과도 있다. 목적과 목표를 헷갈리는 사람이 의외로 많다. 부디 다이어트의 목적이 남에게 있지 않길 바란다. '남의 시선 때문에'라는 외적 동기는 내적 동기에 비해 지속하기 힘들뿐더러 목표에 이르렀더라도 성취감과 만족감이 덜하다. 게다가 남에게 잘 보이려고 하는 일에는 보상심리가 따른다. 마땅한 보상이 없다면 그동안 고생하며 이 짓을 왜 했나 싶은 자괴감에 빠질 수도 있다. 반면 자기가 원해서 하는 일은 방해 요소가 있어 잠깐 미루더라도 결국 꾸준히 하게 된다. 다이어트는 꾸준함이 성패를 가른다는 것은 굳이 말하지 않겠다.

모든 자기 계발이 그렇듯 다이어트 역시 자신을 알고 인정하는 것부터가 시작이다. 현재의 자신을 인정해야 이를 딛고 목표로 한 계단씩 오를 수 있다. 현재의 자신을 객관적으로 파악하고 인정하지 않으면 디딜 곳 없는 계단을 계속 오르려는 것과 같다. 말 그대로 사상누각이다. 예를 들면 이런 것이다. 나는 살이 쪘다. 살을 빼고 싶다. 왜 빼고 싶은가? 이런저런 이유로 살을 뺄 것이다. 살을 빼면 이런저런 행복이 나를 기다리고 있을 것이다. 그렇다면 왜 살이 쪘는지, 식습관에 어떤 문제가 있는지 등을 파악해야 고칠 점들이 눈에 보인다. 이렇게 쓰니 내가 다이어트 전문가처럼 보이지만 나도 내 살을 어쩌지 못하는 사람이다.

내가 다이어트를 중단한 것은 아니다. 몇 달 고생해서 확 빼는 것 말고 그냥 평생 하기로 생각을 고쳐먹었다. 벼락치기에는 항상 부작용이 따르는 법. 먹는 낙으로 사는 나 같은 사람들에게 음식은 죄악이 아니고 다이어트가 죄악일진대 억지로 이를 반대로 생각하고 행동하면 스트레스만 더 받는다. 스트레스가 쌓이면 식욕을 높이는 호르몬이 발생하고 여차하면 폭식으로 이어진다. 맛있게 먹으면 살 안 찐다는 이야기는 아마 스트레스로 인한 폭식을 줄일 수 있다는 뜻일 것이다. 폭식과 단식의 반복처럼 건강에 큰 악영향을 미치는 것도 없다. 차라리 먹고 나서 그만큼 더 움직이는 게 정신과 육체 건강에 더 좋은 방법이다. 먹고 싶은 것은 먹고 살이 쪘다 싶으면 평소보다 덜 먹고 운동을 더 하면 된다. 단순하다. 대사량보다 더 먹으면 살찌고 덜 먹으면 빠진다.

'먹방'을 하는 어느 유명 BJ의 말에 따르면 자신이 몸짱인 이유는 하루에 3~4시간씩 꾸준히 운동을 하기 때문이라고 한다. 다이어트를 하는 방법을 모르는 사람은 없다. 아는 대로 실행하기가 어려울 뿐이다. 이렇게 방법은 누구나 알지만 실행하기 어려운 것들이 있다. 공부도 그렇고, 사랑도 그렇다. 이런 것들은 기간을 정해서 하는 것이 아니라 평생 해야 한다. 작심삼일도 100번이면 근 1년이다. 3일에 한 번 정도는 맛있는 거 먹어도 괜찮지 않은가.

인생에서 나를 옥죄는 것은 옷 말고도 많다. 세상사 내 맘대로 되는 거 별로 없다. 그러니 내 마음껏 할 수 있는 일을 못하도록 스스로를 구속하지 말고 때로는 그저 마음이 가는 대로 행하자. 그리고 내 맘대로 안 되는 일에 얽매여 끙끙거리며 걱정하지 말자. 어차피 안 될 건 고민한다고 해결되지 않는다. 긍정적인 생각이 긍정적인 일을 끌어당긴다. 복스럽게 먹는다는 말은 있어도 복스럽게 굶는다는 말은 없다. 어차피 먹을 음식이라면 걱정일랑 접어두고 맛있게 먹자. 맛있는 음식을 앞에 두고 불안에 떨면서 밥으로 환산하면 몇 공기인지 괜히 칼로리를 계산해보고, 그 칼로리를 빼려면 몇 킬로미터를 뛰어야 할지 겁부터 집어먹고 '살찌는 게 걱정이지만 맛있는 걸 어떡해' 하면서 이도 저도 아닌 노선으로 갈팡질팡하면 옆에 있는 사람까지 정신이 사납다.

불안에 떨며 먹으나 최대한 맛에 집중해 음미해 먹으나 칼로리는 똑같다. 같은 칼로리라면 맛있게 먹어야 덜 억울할 것이 아닌가. 음식의 칼로리를 생각하느니 이 음식이 얼마나 고귀한 것인가를 생각하는 것이 낫다. 맛있는 음식 한 접시가 만들어지기까지의 수많은 사람의 땀과 고생이 있다는 걸 안다면 우리는 맛있게 먹어야 한다. 그게 이 세상 식자재들의 희생과 맛있는 음식을 만드신 분들의 노력에 대한 보답이다.

살은
신성한 음식을
성의껏 음미한
인간의 고귀한 결과물이다.

자신을 희생해 인간을 이롭게 한

음식에 대한 예의를 잃지 말지어다.

감탄고토

甘呑苦吐

사리에 옳고 그름을 돌보지 않고,

자기 비위에 맞으면 취하고 싫으면 버린다는 뜻.

고민 고민 하지 마

올해 초 출판 계약을 하고 한 달 동안 글을 한 줄도 제대로 쓰지 못했다. 처음 며칠은 오랫동안 바라던 출판의 기쁨을 온전히 즐기고 싶었다. 그 후로는 내 인생의 첫 책을 어떻게 완성할 것인지 고심하느라 시간만 보냈고 결국 목차만 정리하다 한 달이 훌쩍 지나가 버렸다. 카피라이터 생활 8년이면 이제 데드라인이 정해져 있는 일에 익숙해질 만도 한데 아직도 마감이 다가오면 마음이 불안하고 스트레스가 쌓인다. 공연히 남은 기간에서 써야 할 편수만 나누고 있다. 예를 들면 남은 기간이 4개월이고 써야 할 편수가 40편이면 한 달에 열 편, 사흘에 한 편씩은 써야 마감일까지 탈고를 끝낼 수가 있다는 계산이 나온다. 산수도 싫어하는 태생적 문과 인간이 이럴 때는 또 계산적으로 변한다. 다들 이런 경험이 한 번씩은 있을 것이다. 늦은 밤에 침대에 누워 잠들지 못하고 기상 시간까지 몇 시간 남았는지 세기만 했던 적. 그러다 보면 아침은 순식간에 밝아온다. 잠이야 오늘 못 자면 내일 자도 된다. 주말에 몰아 잘 수도 있다. 하지만 데드라인은 말 그대로 사선이다. 넘기면 죽는 거다. 마감일을 넘기면 죽기를 각오하고 써야 한다. 그런 쪼들림에 마음은 급한데 생각은 굳어지고 억지로 몇 줄 쓴 글은 마음에 들지 않아 지우다 보니 진도는 여전히 제자리걸음. 잘 쓰고 싶다는 욕심에 자기검열만 더 심해졌다. 속으로 '우와, 미치겠다'만 연신 반복했다. 잠도 잘 오지 않고 선잠을 자더라도 혀를 깨물어 잠에서 깨기 일쑤였다. '도대체 자다가 왜 혀를 깨무는 거지? 이것도 무슨 수면장애인가?' 하는 생각에 인터넷을 한참 뒤져보지만, 스트레스 때문이라는 것 말고는 속 시원한 답변을 찾을 수 없었다.

그러던 도중 어머니께서 물었다. "요즘 무슨 고민 있니?" 나는 가족에게도 속 얘기를 잘 하지 않는 편이다. 하지만 어머니는 내 표정만 봐도, 아니 숨소리만 들어도 고민이 있는지 없는지 바로 알아차리신다. 그러면 나는 "고민 없어요. 그냥 피곤해서 그래요." 하고 대충 둘러댄다. 요즘 불면과 스트레스의 근원은 글이 잘 안 써진다는 것뿐이다. 그동안 이런 스트레스가 처음은 아니었으니까. 글을 쓰려고 할 때면 영감은 항상 출가 중이었고, 억지로 써 내려간 글은 내가 만든 퀄리티의 벽을 넘지 못하고 나자빠졌다. 그럼 그동안 나는 어떻게 했던가? 딱히 명쾌한

솔루션은 없었던 것 같다. 그냥 계속 우격다짐으로 썼을 뿐. 카피는 발로 쓰고 글은 엉덩이로 쓴다고 했으니 퇴근하면 한 시간이라도 시간을 내서 일단 자리에 앉아있자고 생각하며 좌불안석으로 며칠을 또 흘려보냈다. 하루는 책상에 억지로 앉아있기도 힘들어 친구를 만나 술잔을 기울이고 있는데, 친구가 물었다.

"너 무슨 고민 있냐?"

"아니, 왜?"

"얼굴이 썩었는데?"

"미친, 니 얼굴은."

"뭔데?"

"뭐가?"

"고민말이야."

"없다니까."

"없음 말고."

"진짜 없어."

"글은?"

"글은 뭐."

"많이 썼냐고."

"아니, 잘 안 써져."

"그거네, 고민."

"새끼. 눈치 빠르네."

"뭐가 안 써지는데?"

"몰라. 진도가 안 나가."

"너무 고민하지 말고 대충 써. 뭘 처음부터 잘 쓸려고 하나?"

"그래도 첫 책인데 인마, 못 쓰고 싶겠냐?"

"네 목표가 첫 책부터 잘 쓰는 건 아니었을 거 아냐?"

"그건 그렇지."

"거봐. 그리고 처음부터 잘 쓰는 사람이 어딨어?"

"우리가 몰라서 그렇지 있긴 있을걸."

"처음부터 잘 썼는데 우리가 모를 정도면 잘 쓰는 것도
큰 의미가 있는 건 아니네."

웃음이 빵! 터졌다. 백번 옳은 말이었다. 그래. 힘 좀 빼자. 잘 쓰려는
욕심에 처음부터 너무 어깨에 힘이 들어갔다. 이건 많은 분야에서 통용되
는 이야기다. 힘 빼고 욕심 없이 해야 잘 된다는 것. 지난 경험에 비추어봐

도 틀린 말이 아니었다. 삼일 밤낮으로 조사하고 고민해서 칼 갈듯이 여러 번 고쳐 쓴 카피는 내부 회의에서 쉽게 동의를 얻지 못했고, 오히려 쉽게 떠오른 카피는 다들 인사이트 있고 글맛이 좋다며 엄지를 치켜세웠다. 세상일이 대부분 그런가 보다. 그래서 인생사 운칠기삼이라고 하는 건가. 굳이 고민을 숨기려 한 것은 아니었으나 이렇게 들켜 상담 아닌 상담을 받으니 속이 후련하고 막막했던 마음도 어느 정도 해소되었다.

　역시 숨기고 감춰서 좋을 것은 별로 없다. 그걸 가장 크게 느꼈던 적이 있다. 별로 그때를 기억하고 싶지는 않지만 솔직히 털어놓는 것의 중요성을 생각하면 잊어서는 안 될 경험이기도 하다. 때는 바야흐로 대학생 시절, 친했던 형이 있었다. 나에게 멘토 같은 형이었다. 고민을 털어놓으면 항상 경험을 통한 실례를 들어가며 명쾌하게 답을 주었다. 무척이나 믿고 따랐던 형이었는데 졸업 후 사업을 하다 자금융통이 어려워졌는지 나에게 대출사기를 쳤다. 내 개인정보를 이용해 나를 연대보증인으로 내세우고 3금융권 즉, 대부업체에서 대출을 받은 것이었다. 그걸 1년 후에나 알았다. 형이 꼬박꼬박 이자를 냈기에 전혀 알 길이 없었는데, 어느 순간 형이 잠적을 하면서 이자 독촉 전화가 나에게 돌아왔다. 연대보증인이라는 무시무시한 덫에 걸린 나는 하루하루가 죽을 맛이었다. 욕과 험한 말이 반 이상인 독촉 전화를 하루에도 몇 번씩 받았

다. 정신적으로 견디기 너무 고된 나날이었지만 사회 초년생이 갚기에
는 터무니없이 큰돈이었다. 자살 충동이 어떤 기분이고 왜 그런 극단적
인 선택을 하는지 이해가 될 정도였다. 혼자 감당할 수가 없자 친구들
에게 SOS를 쳤고 고맙게도 대부분의 친구가 십시일반 도와주겠다고 했
다. 어머니에게는 숨기려고 했지만 이미 나에게 무슨 일이 생겼다는 것
을 알고 계셨던 것 같다. 어머니는 대뜸 나를 부르셔서 무슨 일인지 솔
직하게 털어놓으라고 다그치셨고, 솔직히 말씀드렸다. 한바탕 난리가
났지만 이미 벌어진 일이기에 어머니의 대응은 신속했다. 높은 이자의
3금융권 대출을 1금융권으로 돌렸고, 나도 대부업체의 올가미에서 벗
어나 겨우 한숨 돌릴 수 있었다. 어머니께서는 비싼 수업료를 냈다고 생
각하라고 하셨다. 그때 어머니께 말씀드리지 않았다면 나는 어떻게 해
결했을까? 친구들의 도움만으로 그 돈을 다 갚을 수 있었을까? 지금 생
각해도 막막하다.

숨겨서 좋을 게 없는 것은 약점이나 단점도 마찬가지다. 한 번은 외
적인 단점을 숨기다 숨기다 못해 오히려 드러내니 장점으로 변한 경우
도 있었다. 외적인 단점이 한두 개겠냐마는 가장 큰 것이 헤어스타일이
었다. 나는 광고 일을 시작할 무렵부터 머리가 빠지기 시작했다. 어릴
때부터 헤어라인이 M자이긴 했지만 점점 더 M라인이 깊어지는 게 눈

에 보일 정도였다. 그럴수록 머리를 길러서 더 가리고 다녔다. 여름엔 이마에 땀이 송골송골 맺혔다. 덕분에 내 탈모 진행을 아는 사람은 별로 없었지만 시간이 갈수록 진행은 박차를 더했고 그만큼 아침에 머리 만지는 일에 시간을 더 쏟을 수밖에 없었다. 바람이 불어도 끄떡없도록 고정력이 강한 스프레이를 마구 뿌려댔다. 그래도 스타일이 영 마음에 안드는 날에는 모자를 눌러쓰고 출근을 했다. 스프레이나 모자로 감추다 보니 더 빠지고, 머리숱이 적어지다 보니 더 감추게 되는 악순환의 연속이었다.

참다못한 어느 해 내 생일날, 숏 모히칸이라는 아주 짧은 머리로 커트를 감행했다. 넓은 이마를 시원하게 드러내고, 양쪽에 스크래치도 넣었다. 순해 보였던 얼굴이 확 강렬해 보였다. 기르고 있었던 수염과도 잘 어울렸다. 사람들은 일할 때는 뭔가 더 전문가 같아 보인다고 했고, 운동할 때는 진짜 선수 같아 보인다고 했다. 대부분이 잘 어울린다. 훨씬 낫다. 진작에 하지 그랬냐는 반응이었다. 덕분에 자신감이 더 높아졌다. 숨기는 것이 사라지니 더 당당해진 것이다. 당당해지니 표정이 좋아지고, 표정이 좋아지니 사람들이 나를 좋은 이미지로 기억해주었다. 숨겼던 단점을 드러냈더니 악순환이 선순환으로 바뀌었다. 단점이었던 외모가 내가 하는 일에 플러스 요소로 작용하였다.

우리는 살면서 많은 고민과 걱정을 한다. 그런 걱정들은 기우인 경우가 많다. 자신을 둘러싼 대부분의 고민과 걱정이 쓸데없다. 행동을 멈추고 고민을 하는 것보다 고민을 멈추고 행동을 하는 게 어쩌면 고민을 해결하는 가장 좋은 방법일지도 모른다. 자신의 그늘에 숨겨 놓은 고민이 있다면 밝은 곳에 꺼내어보자. 꿉꿉한 광 속에 있던 연탄이 불을 만나 활활 타오르는 것처럼 당신의 고민이나 단점을 숨기지 않으면 오히려 장점으로 변할 수도 있다.

우리 걱정거리의 40%는 절대 일어나지 않을 사건들에 대한 것이고,

30%는 이미 일어난 사건들, 22%는 사소한 사건들,

4%는 우리가 바꿀 수 없는 사건들에 대한 것이다.

나머지 4%만이 우리가 대처할 수 있는 진짜 사건이다.

즉, 96%의 걱정거리가 쓸데없는 것이다.

-《느리게 사는 즐거움》, 어니 젤린스키

감출수록
탄로 나는 법이니
고민 말고 솔직히
토로하자.

어떤 고민도 달지 않으니 혼자 삼키지 말고,

뱉어내야 나중에 속 시원하게 삼킬 수 있을지어다.

결자해지

結者解之

일을 저지른 사람이 그 일을 해결해야 한다는 말.

햄릿도 피할 수 없는 선택의 순간

우리는 살면서 무수히도 많은 선택의 순간을 맞이하게 된다. 처음으로 마주했던 선택의 순간은 언제였을까? 아마도 '엄마가 좋아? 아빠가 좋아?'가 아닐까 싶다. 어른들의 이러한 폭력적인 질문은 아이로 하여금 선택이란 참으로 어렵고 스트레스를 유발하는 것임을 깨닫게 한다. 그래서인지 난 결정을 잘 못했다. 장난감을 고를 때도, 아이스크림을 고를 때도, 메뉴를 고를 때도 난 선택의 순간에는 항상 망설였다. 스물이 되어서 자신의 우유부단에 대해 자각했고, 스물다섯이 되어서야 줏대가 생겼으며, 서른을 넘고 나니 어떤 사람의 말에도 크게 동요하지 않고 내 인생을 살게 되었다.

여러 가지 선택지 중 하나를 선택해야 하는 건 힘들다. 그럼에도 인생의 그래프는 선택의 연속점을 이어야만 그려진다. 인생은 B^{birth}와 D^{death} 사이의 C^{choice}라는 말도 있듯이. 결정장애. 햄릿 증후군이라고도 불리는 이 장애^{이것이 진짜 장애의 범주에 속할 리가 만무하지만}는 지금 젊은 세대 전반에 걸쳐 전염병처럼 나타나고 있다. 어른 말을 잘 들으면 자다가도 떡이 생긴다는 유교적 사고방식과 한 번의 실패도 용납하지 않는 냉정한 사회 시스템이 합세하여 부모가 아이의 모든 선택권을 통제하게끔 만든다. 먹는 것과 입는 것부터 시작해서 일과를 모두 정해준다. 그렇다 보니 어릴 때부터 스스로 고민하여 결정하고 선택의 결과에 대해 책임지는 자기주도적 인생을 살아보지 못한 사람들이 많다. 그러한 사람들이 성인이 되어 갑자기 스스로 무언가를 결정해야 하는 순간이 다가왔을 때 겁이 나는 건 어쩌면 당연하다. 지금껏 한 번도 직접 해보지 못한 일이니까 말이다.

자신의 선택이 잘못된 결과를 부를 경우 되돌릴 수 없다는 두려움이나 결과에 만족하지 못할 때 밀려오는 후회와 자책은 우리로 하여금 결정장애를 불러온다. 우리는 아직 홀로 자신의 인생을 책임지기에는 선택과 실패에 익숙하지 못하다. 멘토가 유행하게 된 것도 같은 현상 때문일지 모르겠다. 누군가가 먼저 했던 선택을 따라 하기 위해서. 그런 가운데 때를 놓치지 않고 봇물 터지듯 쏟아져 나오는 자기계발서나 강연은 흔들리는 청춘들의 선택 지침이 되기는커녕 그들의 주머니를 노리기에만 급급하다.

아래는 사회 초년생에게 해주고 싶은 말을 달리기에 빗대어 써본 글이다.

트랙이 있다. 방향을 알려준다.

출발점이 있다. 공정하다는 것을 알려준다.

다른 선수들이 있다. 경쟁을 알려준다.

도착점이 있다. 목표를 알려준다.

출발 신호가 있다. 뛰어야 할 때를 알려준다.

경쟁자들이 뛴다. 패배의 불안감을 알려준다.

하나부터 열까지 다 알려준다. 아니 정해준다는 게 맞는 말이겠다.

하지만 본인의 의지와는 상관없다. 이것이 학창 시절의 룰이다.

사회에 나오면 정해진 것은 아무것도 없다.

하나 있다면 도착점이 인생의 끝점과 맞닿아 있다는 것.

인생의 방황은 여기서 시작된다.

그리고 이 방황부터가 진짜 인생의 여정이다.

그 누구도 똑같은 길을 가지 못하며, 옳은 길도 틀린 길도 없다.

그저 내가 가는 길이 나의 길이며, 그 길이 곧 나를 말해줄 뿐이다.

윗글도 결국 그럴듯한 잡글에 불과하다. 그저 흘러가듯 한 번 보면 충분하다. 다른 사람의 조언이나 시선에 흔들리지 말고 부디 내 안의 목소리에 집중하길 바란다. 나는 누구인지, 무엇을 좋아하고 싫어하는지, 어떨 때 행복을 느끼는지 생각해볼 시간을 갖길 바란다. 고민을 해봐도 도저히 답이 나오지 않을 때는 혼자 낯선 곳으로 여행을 떠나보자. 누구나 떠올릴 수 있는 뻔한 방법이지만 나의 경험상 인생의 방향을 설정하는 데 많은 도움이 될 것이 틀림없다.

여행을 떠나라.

처음 가본 곳에서,

두고 온 게 있을 리 없는 곳에서,

잃어버렸던 많은 것을 되찾게 될 것이다.

이게 바로 여행의 묘미가 아닐까? 물론 이 또한 결정은 오롯이 자기 몫이다.

결정은
자기 스스로
해야 남 탓하지 않는다.

스스로 선택하고 스스로 책임지는

자기주도적 인생을 살지이다.

막상막하

莫上莫下

어느 것이 위고 아래인지 분간할 수 없음.

게으름, 그 달콤한 울림

나는 게으르다. 그동안 난 성격이 느긋하고 낙천적이라며 애써 포장했지만 내심 알고 있었다. 놀기만 좋아하고 일하기는 싫어하는 게으름뱅이라는 것을. 내가 언제부터 이렇게 게을렀나 생각해보니 꽤 어릴 때부터 그랬다. 초등학생 때 방학이 되면 탐구생활을 비롯한 많은 방학 숙제가 주어진다. 어떤 아이는 시간계획표를 짜고, 계획에 따라 매일 일정량의 숙제를 꾸준히 한다. 미루지 않으니 시간에 쫓길 일도 없고, 숙제의 질도 뛰어나다. 나도 시작은 같다. 지키지도 못할 시간 계획표를 신중하다 못해 빡세게 그렸다. 계획 자체가 지키기 힘드니 하루 이틀 꾸역꾸역 지키다 결국 미루게 된다. 모든 포기하면 편하다. 할 수 있는 최대한 미루다가 결국 개학을 일주일 남기고 시간에 쫓겨서 하지 못한 숙제를 몰아서 한다. 급하게 곤충채집을 하고, 후다닥 박물관을 다녀오고, 재활용품을 이용하여 대충 로봇을 만든다. 글씨가 날아다니고 그림이

춤을 춘다. 숙제의 질이 좋을 리가 없다. 일기를 쓸 때가 가장 곤욕이다. 한 달 전의 날씨가 어땠는지 전혀 기억이 나지 않는다. 그 날에 무슨 일을 했는지 무엇을 느꼈는지 떠오를 리가 없다. 그럴 때는 동시를 썼다. 딱히 특별한 일을 하지 않았고, 느낀 점도 없는 날에는 동시를 써도 된다고 당시 담임선생님께서 말씀하셨기 때문이다. 당시 나의 일기장은 거의 시집과 다름없었다. 빈 일기장을 채우기 위해 억지로 시작詩作을 하게 된 것이 내 글쓰기의 시작始作이었다. 어찌 보면 게으름 덕분에 아직도 글을 쓰고 있는 게 아닌가 생각한다.

　게으름은 태생적으로 생기는 것일까? 오랜 습관에 의해 몸에 밴 것일까? 내 과거를 보면 태생적인 것은 아닌 듯하다. 어릴 때부터 게으른 베짱이었지만 군대에서만큼은 게으름을 피울 만한 배짱이 없었다. 일을 미루면 군 생활 자체가 고달파졌다. 어쩔 수 없이 부지런해졌다. 그게 오히려 편했다. 첫 광고회사에 다닐 때도 게으르지 못했다. 광고기획자 겸 카피라이터 겸 매체 담당자 겸 잡지 에디터로 일해야 했기 때문에 게으름을 피울 시간적 여유가 없었다. 하루에 혼자 처리해야 할 일의 양이 감당하기 힘들 정도로 많았다. 출근하면 이메일을 확인하고 그날 처리해야 할 일들의 우선순위를 정해서 포스트잇에 하나씩 써서 모니터에 붙였다. 그렇게 정신없이 포스트잇을 모두 떼고 나면 어느새 퇴근 시간이 한참이나 지나 있었다. 출퇴근 시간이 아까워 사무실에서 잠을 자기도 했다. 하루하루가 정신없이 바빴지만 일을 다 끝내고 나면 숙변이 제거된 듯한 개운함과 하루를 꽉 채워 보냈다는 보람을 느꼈다. 돌아보건대 나의 게으름은 태생적 게으름이 아니라 '선택적 게으름'이었다.

그렇다면 나는 언제 게으른가? 게으름을 피울 시간적 여유가 있을 때 게을렀다. 두 달간의 방학 기간에, 제출일이 한참 남은 리포트를 작성할 때, 데드라인이 넉넉한 광고를 제작할 때, 여유로움을 게으름으로 치환시키고는 자책하고 불안에 떨며 아까운 시간을 보냈다. 정신과 의사 문요한은 《굿바이, 게으름》이라는 책을 통해 게으름을 여유로 착각해서는 안 된다고 강조했다. 여유는 능동적 선택에 의한 것이고 게으름은 선택을 회피하는 것이다. 여유는 할 일을 하면서 충분히 쉬는 것이지만 게으름은 할 일도 안 하면서 제대로 쉬지도 못하는 것이다. 여유는 삶의 풍요로움을 느끼게 해주지만 게으름은 후회만을 남긴다며 둘의 차이점을 설명했다. 그동안 여유와 게으름을 착각하고 살았다. 왜 그랬을까?

해야 할 일을 미루는 게으름은 무언가를 피하고자 하는 감정적 반응으로부터 비롯된다고 한다. 과학자들은 이 현상을 '기분 회복'이라고 부르는데 해야 할 일과 관련된 불편한 기분을 피하고자 게임을 하는 등 기분을 좋게 만들어줄 활동으로 시간을 보내는 것을 뜻한다. 이에 대해 칼튼대의 심리학자 티모시 피첼 교수는 '장기적인 대가를 감수하면서 단기적 만족을 추구하는 행위'라고 설명했다. 당장 기분 좋은 일을 우선적으로 한다는 것이다. 우리의 뇌는 미래의 행복보다 현재의 편안함을 더 중요하게 여기도록 설계되어 있기 때문이다. 게다가 사람들은 현재의 '나'와 미래의 '나'를 다르게 인식한다. 실험을 통해 확인한 결과 미래의 '나'를 떠올릴 때 사용하는 뇌의 영역과 잘 모르는 사람을 떠올릴 때 사용하는 뇌의 영역이 같았다고 한다. 즉 현재는 내 얘기, 미래는 남 얘기라고 생각한다는 것이다. 결국 뇌가 문제였다.

성격적인 문제도 있다. 보통 완벽주의 성향의 사람이 일을 미룬다고 한다. 자신이 완벽하다고 인정하는 선까지 고민과 생각을 거듭하다 뒤늦게 실행하는 것이다. 그런 사람들은 실수 또한 용납하지 않는다. 그렇기에 쉽게 할 수 있는 일도 완벽에 완벽을 기하다 제때 끝내지 못한다. 자신에 대한 믿음은 부족하고 욕심은 과하기 때문이다. 이런 사람들은 우선순위를 바꾸는 것이 좋다. 급한데 중요하지 않은 일이 있고 급하지 않지만 중요한 일이 있다. 급한 일부터 하다 보면 정작 중요한 일은 시간에 쫓겨 제대로 못하게 된다. 그렇기에 급한 일부터 처리하는 것이 아니라 중요한 일부터 처리해야 하는 것이다. 이른바 선택과 집중이다.

여러 서적과 관련 정보를 통해 나름대로 게으름과 일을 미루는 습관에서 벗어나는 방법을 네 가지로 정리해 보았다.

1. 상상하기

일을 미루고 싶을 때마다 일을 잘 마무리 지었을 때 생기는 좋은 결과를 상상하는 것이다. 또는 일을 제때 처리하지 못했을 때 생기는 불이익을 상상하는 것도 좋겠다. 심리학에서는 이를 접근 동기와 회피 동기라고 말한다. 좋은 것을 얻기 위해 열심히 하는 것이 접근 동기, 좋지 않을 결과를 피하고자 열심히 하는 것이 회피 동기다. 접근 동기는 성공했을 때는 기쁨을, 실패했을 때 슬픔을 얻고, 회피 동기는 성공했을 때는 안도감을, 실패했을 때는 불안감을 얻는다. 자신의 성향과 일의 성격에 맞게 선택하여 상상하는 것에 좋겠다.

2. 쉽게 하기

일을 미루는 이유 중 하나가 일이 크고 부담스럽기 때문이다. 그럴 때는 일단 쉬운 일부터 시작해보자. 일은 거대한 하나의 덩어리가 아니다. 아무리 어려운 일도 쪼개보면 그 안에서 쉬운 일을 찾을 수 있다. 예를 들어 매일 정해진 시간에 글을 쓴다면 그 시간에 책상 앞에 앉는 일부터 시작하는 것이다. 글을 쓰는 게 힘든 일이지 책상 앞에 앉는 게 힘든 것은 아니다. 글이 써지지 않는다면 지금의 기분부터 써본다. 글감이 떠오르지 않으면 떠오르지 않는다고 쓰는 것이다. 의식의 흐름을 따라 생각나는 것을 쓰다 보면 힘들다는 생각은 어느새 머릿속에서 사라지게 된다. 이렇게 매일 같은 시간에 자리에 앉아 뭐라도 쓰는 게 습관이 된다면 길은 뚫린 것이다. 그 길을 꾸준히 걸어가다 보면 결국 어려운 일도 해결될 것이다.

3. 대충하기

허락보다 용서가 쉽다는 광고 카피가 있다. 허락받기는 어려우니 일단 저지르고 뒷수습하는 편이 쉽다는 말이다. 일도 그렇다. 일에서의 허락이란 자기검열이다. 자기검열이 심하면 일이 진도가 나가지 않는다. 특히 완벽주의자들은 더욱 그렇다. 기준이 너무 높기 때문에 한 번에 일을 끝내기 어렵다. 이런 사람들은 눈높이를 낮추고 일단 끝을 보는 게 중요하다. 대충이라도 마무리 지은 후 잘못된 부분이나 부족한 부분이 보이면 보완하는 게 한 번에 완벽하게 끝내는 것보다 쉽고 빠르다. 일필휘지를 바라기보다 확실한 퇴고의 힘을 믿자.

4. 보상하기

모든 일의 시작에는 동기가 필요하고, 일의 끝에는 보상이 중요하다. 결과가 좋든 좋지 않든 끝까지 완수했다면 자신에게 합당한 보상을 해줘야 한다. 그래야 다시 할 수 있고 꾸준할 수 있다. 게임을 좋아한다면 일을 끝낸 보상으로 자신이 원하는 게임을 하는 것이다. 《대통령의 글쓰기》의 저자 강원국 작가는 술을 좋아해 기고 원고를 쓰고 나면 보상으로 막걸리 한 통씩을 마셨다고 한다. 고된 일을 하는 농부들이 새참을 먹는 것과 같이 막걸리를 마실 수 있는 기대감으로 글을 쓰는 것이다. 나도 사자성어를 쓴 날에는 스스로를 칭찬하며 술을 마셨다. 사자성어를 쓴 날에만 술을 마실 수 있다면 일주일에 꼬박꼬박 두세 편씩은 썼을 테지만 마음이 약한 나는 보상이 먼저인 날이 더 많았다. 일을 끝내지 못해도 보상을 먼저 주니 일을 미루는 게 습관이 될 수밖에. 이렇듯 보상의 전후 관계는 무척이나 중요하다.

그동안 나는 계획적이지 않아 항상 시간에 쫓겨 살았다. 억지로 하는 것을 싫어한다는 핑계로 불안한 게으름을 즐겼다. 데드라인에 가까워져야 초인적인 창의력이 나온다며 미루고 미뤘다. 하지만 이제는 안된다. 시간이 부족하면 초인적인 창의력이 나오는 게 아니라 미친 듯한 실행력이 나온다는 것을. 일이 절박하게 닥친 상황을 흔히 발등에 불이 떨어졌다고 한다. 실제로 발등에 불이 떨어졌을 때, 불을 끌 기가 막힌 방법이 떠오를까? 아니다. 당장 불을 끌 미친 듯한 스피드가 나올 것이다. 정신없이 급한 불만 겨우 끄는 것이다. 스위스의 저명한 교육가 페스탈로치는 "오늘 반드시 해야 할 일을 하지 않으면 내일 아무리 서둘러도 일을 그르치게 된다."고 말했다.

시간에 쫓겨 서둘러서 하다 보면 결국 실수를 하게 되고, 실수를 해도 고칠 시간이 부족하다. 부랴부랴 마무리 지어봤자 결과가 좋을 리 없다. 스스로 만족하지 못하니 자책을 하게 되고 자신감도 떨어진다. 의욕도 사라진다. 서핑을 할 때는 패들링으로 위치를 잘 잡는 것이 중요하다. 파도가 오는 것을 보고 손을 마구 저어 파도 바로 앞에 서프보드가 위치해야 한다. 너무 앞서면 파도에 휩쓸리고 너무 뒤처지면 파도를 놓친다. 파도 바로 앞에 자리를 잡아야 보드의 위치에너지가 운동에너지로 바뀌면서 저절로 부드럽게 앞으로 나아갈 수 있다. 우리도 시간에 쫓기지 말고 한 발자국만 앞서 나아가보자. 약간의 여유로움이 불안감을 해소하고 적당한 긴장감이 나태함을 없애주어 부드럽게 일이 진행될 것이다.

완벽하게 하려다
막상 시간에 쫓기면
막 하게 된다.

완벽을 기하다 제때 못 끝내는 것이나

게으름 피우다 못 끝내는 것이나 도긴개긴일지어다.

자가당착

白家撞着

자기 언행의 전후가 모순되어 일치하지 않음.

아는 만큼 보인다? 아는 것만 보인다!

어느 해의 3·1절이었다. 모처럼 휴일이라 집에서 여유롭게 글을 쓰고 있는데 어머니께서 아버지와 나를 다급하게 부르셨다. 베란다에 걸어 놓은 태극기가 바람에 날아갔다는 것이다. 베란다에 나가보니 깃봉만 덩그러니 남아 있고 태극기는 온데간데없었다. 창문을 통해 이리저리 밖을 살펴보니 베란다 건너편의 나무에 태극기가 걸려 있었다. 아버지는 나에게 나무에 걸린 태극기를 구출해 오라는 특명을 내리셨다. 별일 아니다 싶어 대걸레에 끼워 쓰던 긴 막대를 하나 챙겨 들고 슬리퍼를 찍찍 끌며 1층으로 내려갔다. 집에서 볼 때는 나무를 살짝 흔들면 떨어질 듯 보였는데 가까이서 보니 나무가 여간 큰 게 아니어서 힘껏 흔들어도 미동조차 하지 않았다. 나무를 타고 올라가자니 슬리퍼 차림이라 쭉쭉 미끄러져 타고 오를 수도 없었다. 인간은 도구를 사용할 줄 아는 지혜로운 동물이다. 챙기고 간 대걸레 막대를 이용하기로 했다. 자루로는 닿지 않는 높이였으나 닿지 않으면 던지면 된다는 생각에 뒤로 물러나 창던지기 포즈를 취하고 막대를 높이 던졌다. 한 번에 성공하지는 못했지만 몇 번 던지다 보니 요령이 생겨 점점 태극기 근처에 던질 수 있었다. 그런데 웬걸? 다시 심호흡을 하고 신중히 던졌는데 막대마저 나무에 걸려버렸다. 나무는 우리 집 재산 하나를 더 볼모로 잡았다. 인간이 나무에게 질 수 없다는 마음에 주변을 살피니 분리수거장 안에 청소도구함이 있는 것이 보였다. 청소도구함에서 빗자루를 꺼내 또 힘껏 나무를 향해 던졌다. 날아가는 궤적이 좋다 싶었는데 빗자루 역시 나무에 걸리고 말았다. 한참을 그렇게 나무와 캐치볼 하듯 막대를 던지고 받고를 반복하다 보니 내 힘은 빠지고 볼모만 늘어 갔다. 이걸로는 안 되겠다 싶어 다시 집으로 올라가 슬리퍼를 운동화로 바꿔 신고 있는데 어머니께서 물으셨다.

"뭐가 그렇게 오래 걸려? 잘 안돼?"
"거의 다 됐어요. 금방 가져올게요."

자존심을 건 2차전. 믿을 건 수년간 운동으로 다져진 몸 하나밖에 없었다. 나무를 붙잡고 오르기 시작했다. 2m 정도 오르니 나무가 휘기 시작했다. 아직 손이 닿지 않는데 더 올라갔다가는 나무가 부러질까 봐 겁이 났다. 나무가 부러지면 그 위에 올라가 있는 나 역시도 어딘가 한 두 군데는 부러질 것 같았다. 이놈의 고소공포증. 몸은 운동으로 다질 수 있어도 겁은 운동으로 다질 수 없었다. 조심조심 내려와 다시 청소도 구함을 뒤지기 시작했다. 커튼을 걸 때 쓰던 쇠막대 몇 개와 셀로판테이프를 찾았다. 빗자루에 쇠막대 2대를 연결하고 테이프로 칭칭 감았다. 높이 들면 막대가 휘청거릴 정도로 길이가 제법 긴 것이 이번에는 닿을 것 같았지만 막대를 들고 점프를 해봐도 여전히 한 자 정도가 모자랐다. 슬슬 땀은 나는데, 약이 오르고 오기가 생겨 포기할 수가 없었다. 그때 집 창문에서 보다 못한 아버지께서 내려오셔서는 나무에 걸린 태극기 하나 못 건지느냐고 타박하셨다. 아버지는 나무를 잡고 성큼성큼 오르시더니 거의 닿을 높이까지 도달하셨다. 아버지께서는 내가 건넨 막대를 받아들고는 태극기가 걸린 나뭇가지를 냅다 치셨다. 혼쭐이 난 나무는 태극기와 대걸리막대, 빗자루까지 모조리 풀어주었다. 구출 작전은 그렇게 성공적으로 마무리되었다. 사용했던 도구들을 제자리에 정리해 둔 후 태극기를 들고 의기양양하게 귀환하는 그때 어떤 것이 내 시야에 들어왔다. '집 앞 회단에 걸려 있는 하얀 저거 뭐지?' 하며 가까이 가서 보니 태극기였다.

"어? 태극기가 저기 또 있는데?"

아버지와 나는 두 개의 태극기와 서로를 번갈아 바라보며 한동안 눈만 껌벅이고 있었다.

"아, 저게 우리 거네. 이건 깃봉이 달려 있잖아."

우리가 갖은 고생을 해가며 나무에서 구출한 태극기는 깃봉이 달려 있었고, 집 앞 화단에 떨어져 있는 태극기는 기만 있었다. 우리 집 태극기 깃봉은 베란다에 그대로 꽂혀있다는 걸 잊고 있었다. 조금만 생각해봐도 알 수 있는 것이었는데, 나무에서 꺼내는 내내 한 번도 의심하지 못했다.

'저 태극기는 우리 게 아니다. 그럼 우리 태극기는 집 근처 화단에 떨어졌겠구나.' 하는 생각을 하고 주위를 한 바퀴만 둘러봤어도 30분 동안 개고생을 하기는커녕 단 3분이면 찾았을 거다. 허무함에 기가 차서 헛웃음이 났다. 하나에 집중하다 보면 주변 상황은 자연스레 아웃포커싱 되듯이 희미해진다. 현상에만 매몰되어 집착하다 보니 의심할 틈조차 없어지는 것이다. 마치 마술사가 동전을 몰래 바꿔 쥐고 동전을 쥔

손으로 빈손을 가리키면 빈손만 보고 우와! 하고 놀라는 것과 같다.

　군대에서 배운 것 중 야간 경계를 설 때는 한 곳을 오랫동안 응시하면 안 된다는 것이 있었다. 한 곳만 오랫동안 응시할 경우 고작 나무일 뿐이라 해도 본인의 상상이 더해져 움직이는 사람처럼 보일 수 있으니, 주변 사물과 환경을 돌아가며 크게 봐야 한다는 것이다. 나는 코웃음을 쳤다. 아무리 그래도 그렇지 제정신인데 사물을 사람으로 착각할까? 그 얘기를 들은 날, 그 말이 틀렸다는 것을 직접 증명하기 위해 야간 경계를 섰을 때 테스트를 해보았다. 가장 사람처럼 생긴 모양의 나무를 계속 응시했다. 신기하게도 몇십 분간 그 나무만 보다 보니 순간적으로 정말 사람같이 보이긴 했다. '저건 사람이 아니다.' 하며 부정할수록 그 나무가, 아니 그 사람이 나를 힐끗힐끗 쳐다보는 듯한 착각이 들었다. 나중에는 정말 사람일지도 모른다는 생각에 직접 그곳까지 걸어가기까지 했다. 가서 확인해보니 당연하게도 그저 바람에 흔들리는 나무가 한 그루 있을 뿐이었다. 어찌 보면 당연한 일이었지만 가서 확인을 하기 전까지는 100% 나무라는 확신이 없었다.

　한 곳만 오래 바라보면 자신의 상상이 더해져 실체를 제대로 보지 못하고 착각할 수 있다. 착각 속에 매몰되지 않으려면 주변 환경도 살피며 크게 봐야 한다. 한 분야에만 통용되는 것이 아니다. 진로를 정할 때도 그렇고, 취업을 할 때도 그러하며, 사랑을 할 때도 마찬가지다. 하나에만 집착하면 결국 판단력을 잃는다. 착각에 빠지면 제3자의 입장에서 보면 당연한 것도 믿지 못하고, 뻔히 눈앞에 있는 것조차 보이지 않게 된다. 모두가 YES라고 할 때, NO라고 하는 용기와 줏대도 필요하지만 모두 NO라고 한다면 자신이 옳다고 믿는 것도 한 번쯤은 의심해볼 필요가 있을 것이다. 불변의 진리는 없다. 만물은 땅으로 떨어진다는 만유인력의 법칙도 새에게는 통하지 않고, 우주로 나가면 법칙 자체가 무너지게 된다. 아는 만큼 보인다고 하지만 때로는 아는 것만 보이기도 한다. 착각도, 착시도 모두 자신이 알고 있는 것 때문에 일어나는 것이니까.

자만하여
가시적인 것에만 매몰되면
당연한 것조차
착각하게 된다.

하나에만 집착하면 판단력이 흐려지니 크게 둘러보며

스스로 모순에 빠지지 말지어다.

공명정대

公明正大

마음이 공평하고 사심이 없으며 밝고 큼.

행복은 성공 순이 아닌 우선순위

멘토라는 단어가 유행하면서 강연 프로그램이 많이 생기고 있다. 나도 강연 프로그램을 좋아한다. 내가 모르는 분야의 전문가들이 알기 쉽게 설명해주는 것을 듣다 보면 재미도 있고, 짧은 시간에 똑똑해지는 기분까지 든다. 사회적으로 성공한 기업인이나 스포츠 선수들도 자주 연사로 나와 자신의 성공담을 이야기한다. 그들은 성공이 있기까지의 역경과 고난, 그리고 그것을 이겨낸 꾸준한 노력과 인내에 대해 말한다. 아무나 할 수 없는 일이기에 자부심을 느낄만하다. 하지만 삶을 대하는 태도나 방식을 강요하는 것에는 거부반응이 생긴다. 여러분도 노력하면 성공할 수 있다고 쉽게 말하거나, 성공은 절대 쉬운 일이 아니니 지금 그렇게 나태하게 보내서는 안 된다고 강조한다. 전자는 접근 동기, 후자는 회피 동기를 자극하는 것이다. 어느 쪽이건 노력해야 한다고, 그래야 성공할 수 있다고 강요한다. 그게 마음에 들지 않는다. 노력과 성공. 어릴 때부터 지겹도록 들었던 말이다. 그런 추상적이고 낡은 단어는 이제 그만 썼으면 한다. 노력과 성공은 자기가 정하는 것이지 객관적으로 수치화될 수 있는 것이 아니다.

스포츠 선수들은 스포츠를 하나의 인생으로 치환하여 설명한다. 비유적이기 때문에 이해가 쉽지만 자칫하면 인생을 스포츠처럼 단순하게 생각할 수도 있다. 스포츠 선수들의 땀과 노력을 폄하하는 것은 아니다. 어릴 때부터 그 자리에 오르기까지 얼마나 많은 훈련과 연습을 했을 것이며 당장이라도 포기하고 싶은 유혹을 참고 견뎌야 했을까? 나로서는 알 수도 없고, 알려준다 해도 따라 할 수 없는 엄청난 노력일 것이다. 그 부분은 반론의 여지 없이 인정하고 존경한다. 프로라는 위치에 오른다는 것은 절대 쉬운 일이 아니었을 것이다.

하지만 스포츠와 사회는 확연히 다르다. 운동선수들은 흔히 말한다. 노력은 배신하지 않는다. 그라운드에서는 거짓말이 없다. 노력의 결과는 결국 그라운드에서 빛을 발한다는 것이다. 어째서 거짓이 통하지 않을까? 그건 룰이 있기 때문이다. 그렇기에 예측 불가능한 상황이 많지 않다. 기본기와 체력, 기술, 팀워크, 다양한 전술 전략. 승패를 결정짓는 다양한 변수들이 있겠지만 결국 룰 안에서만 가능하다. 하지만 사회에는 룰이 없다. 배신과 거짓이 난무한다. 있다 하더라고 이익을 위해서라면 룰 따위 가뿐히 무시하는 사람들이 넘쳐난다. 하루하루가 예측 불가능이다. 어제 잘 나가던 사람이 오늘 쫓겨날 수도 있고, 오늘 잘 나가던 상품이 내일 망할 수도 있다. 일은 못하지만 정치를 잘하는 사람이 먼저 진급하기도 하고 나이 어린 상사가 낙하산 타고 뚝 떨어지기도 한다. 어제의 친구가 오늘의 적이 되고, 외부보다 내부에 적이 더 많은 경우도 있다. 정치와 정책에 따라 시장 상황이 변하고, 트렌드에 따라 소비자의 성향이 바뀐다. 배보다 배꼽이 더 크기도 하고 꼬리가 몸통을 흔드는 아이러니한 상황도 비일비재하다. 생각해야 할 변수가 너무 많다. 예측 불가능인 데다가 내가 어쩌지 못하는 외부 환경이 대부분이다. 이런 상황에서 노력과 인내만으로 성공을 바라긴 힘들다.

나도 남들이 흔히 말하는 성공을 한번 해보고 싶었다. 하지만 사회 초년생이었을 때부터 세상의 변화무쌍함에 휘둘리고 휩쓸려서 정신이 없었다. 큰 기대를 안고 입사한 첫 회사는 6개월 만에 공중분해가 되었다. 광고주의 부도로 회사가 줄도산해서 입사 2주 만에 퇴사한 적도 있었고, 잘 다니던 30년 전통의 광고회사가 하루아침에 폐업하여 졸지에 백수가 되기도 했다. 속기도 잘 속았다. 믿었던 사람의 사기로 수백만 원의 대출금을 대신 갚아주기도 했고, 프리랜스 카피라이터나 객원 에디터로 일하면서 받지 못한 돈도 수백만 원은 될 것이다. 다 내가 멍

청한 탓이었다. 그저 열심히만 하면 언젠가는 잘 풀릴 줄 알았다. 노력과 성실만으로는 사회에서 이용당하기 십상이었다. 성공은 열심히 사는 것과는 별개로 외부 상황과 환경에 의해 크게 좌지우지되는 듯 보였다. 아무리 진인사대천명盡人事待天命이라지만 스스로 통제할 수 없는 것에 기대어 요행을 바라는 삶을 살고 싶은 사람은 많지 않을 것이다. 각자 나름대로 만족할 만한 성공에 대한 의미와 해석, 그리고 기준이 필요하다.

사회생활을 하면서 여러 종류의 사람들을 만났다. 그러면서 성공에 대한 인식이 많이 바뀌었다. 나름 성공했다고 생각하는 위치의 사람들을 보니 그다지 행복해 보이지 않았다. 더 높은 곳으로 가기 위해 몸부림치는 사람도 있었고, 가진 것을 잃지 않기 위해 전전긍긍하는 사람도 있었다. 특히 실패 없이 한 번에 자수성가한 사람 중에는 안하무인, 유아독존 스타일이 많았다. 누구도 믿지 않고 자신의 방식만을 고집해 주변에 친구가 없는 외로운 사람들이었다. 원하던 성공을 이루었으니 마음의 안정을 찾을 만도 한데 욕망이나 두려움, 의심과 미움도 함께 있었다. 성공은 인정받는 만큼 부작용도 적지 않아 보였다. 경제적으로는 윤택하나 정신적으로 불안한 삶. 경제적으로 불안하나 정신적으로 풍요로운 삶. 어떤 것이 나을까? 물론 둘 다 얻을 수도 있고 혹은 그 둘의 적절한 균형을 찾을 수도 있겠다. 하지만 둘 중 나의 우선순위는 명확했다. 남들이 말하는 엄청난 성공을 좇기보다 내가 진짜 원하는 성공을 찾는 것이다. 나에게 성공이란 작은 행복의 연속이다. 하루의 행복이 하루의 성공이며, 그 하루들이 모여 인생의 성공이 될 것이다. 돈 잘 벌고, 남들에게 인정받는 것도 하면 좋겠지만 그걸 이루기 위해 지금의 행복을 포기하고 싶지는 않다. 오늘의 행복은 내가 선택할 수 있지만 내일의 성공은 누구도 보장할 수 없으니까. 성공한 사람이 행복하다고 말할 수는 없지만 행복한 사람은 성공했다고 당당히 말할 수 있다.

자유롭게 피어나기. 이것이 내가 내린 성공의 정의다.

- 게리 스펜스(미국의 저명한 변호사)

청춘페스티벌에서 전 농구선수이자 현재 방송인으로 활동 중인 서장훈은 작은 성공에 기뻐하며 너무 일찍 샴페인을 터뜨리지 말라고 했다. 노력하는 사람은 즐기는 사람을 이기지 못한다는 말은 다 뻥이며 오로지 스스로에게 냉정한 사람만이 이 시대를 뚫고 나갈 수 있다고 했다. 틀린 말이라고는 생각하지 않는다. 단지 나와 다른 생각을 가진 개인의 의견이라 생각한다. 판단과 선택은 각자의 몫이다. 나는 작은 성공을 이룰 때마다 자축하며 샴페인을 터뜨릴 것이다. 나보다 더 노력하는 사람을 이기고 싶은 생각은 없으며, 이 시대를 뚫고 앞으로 나가고 싶지도 않다. 스스로에게 냉정한 사람이 되기보다 스스로에게도, 모두에게도 따뜻한 사람이 되고 싶다. 그게 내가 살면서 바라며 이루고 싶은 성공이다. 내가 정한 성공이니 롤모델도 필요 없고, 멘토도 큰 의미가 없다. 그저 나대로 살면 된다.

이 글을 읽고 있는 당신에게 묻고 싶다.

"당신은 당신대로 잘 살고 있나요?"

성공의 정의를 내가 **명확하게** 정하지 않으면 남이 정한 **대로** 살게 된다.

세속적인 욕망이든 정신적인 행복이든

내 인생은 내가 정해야 남 탓하지 않고 떳떳하게 살지어다.

사는 게 다 그렇지
자존심 세우다 상처받아도
生맥주 한 잔으로 털어버리고
어울려 살면 즐겁잖아

초판 1쇄 발행 · 2018년 9월 10일

지은이 · 진현석
펴낸이 · 김동하
책임편집 · 김원희

펴낸곳 · 책들의정원
출판신고 · 2015년 1월 14일 제2015-000001호
주소 · (03955) 서울시 마포구 방울내로9안길 32, 2층(망원동)
문의 · (070) 7853-8600
팩스 · (02) 6020-8601
이메일 · books-garden1@naver.com
블로그 · books-garden1.blog.me

ISBN · 979-11-87604-74-7   03810